"*El Otorgador de Paz* es un libro profu..., ..., ...
útil, exploración de cómo el Señor ofrece a liberarnos de las garras
de cualquier pensamiento, sentimiento, creencia y hábito impuro.
Yo realmente valoro este libro".

STEVE YOUNG

"Un libro invaluable de esperanza y descubrimiento—sobre
Cristo, sobre otros, y sobre nosotros mismos—diferente, yo pienso,
a cualquier otro libro que jamás hayas leído".

C. TERRY WARNER

"La rica y fortalecedora experiencia del alma que viene al leer
El Otorgador de Paz ha bendecido profundamente mi vida. ¡Yo
recomiendo grandemente este libro extraordinario!"

ARDETH GREENE KAPP

" 'Mi paz os doy', el Salvador declaró. *El Otorgador de Paz*
explora en una manera personal lo que debemos hacer para recibir
la paz que Él está dispuesto a darnos.

"*El Otorgador de Paz* es un numero 10. Profundamente
conmovedor, es un libro que deben tener aquellos con un interés
en relaciones amistosas, en su matrimonio, y de cómo Cristo trae
curación al corazón humano y al alma".

JAMES MICHAEL PRATT

"*El Otorgador de Paz* derrama una luz preciosa sobre la
expiación y de cómo poner en práctica la expiación en nuestras
vidas personales. Ha sembrado un mensaje imborrable sobre mi
corazón".

ROBERT L. MILLET

EL
OTORGADOR
DE PAZ

EL
OTORGADOR
DE PAZ

Cómo Cristo Ofrece a Sanar
Nuestros Corazones y Hogares

J A M E S   L .   F E R R E L L

DESERET
BOOK

SALT LAKE CITY, UTAH

Visítanos en DeseretBook.com

Traducción al español: Latin Voice Translations LLC.

Library of Congress Control Number: 2003102363

Ferrell, James L.
    [Peacegiver. Spanish]
    El otorgador de paz : como cristo ofrece a sanar nuestros corazones y
hogares / James L. Ferrell.
        p. cm.
    ISBN 978-1-59038-860-0 (pbk.)
    1. Grandparent and child—Fiction.   2. Marital conflict—Fiction.
3. Grandfathers—Fiction.   4. Dreams—Fiction.   5. Psychological fiction.
I. Title.
    PS3606.E75P4318 2008
    813'.6—dc22   2007050530

Impreso en Los Estados Unidos de America
Worzalla Publishing Co., Stevens Point, WI

10   9   8   7   6   5   4   3   2   1

"Quitaré de vuestra carne el corazón de piedra y os daré un corazón de carne . . ."

—Ezequiel 36:26

CONTENIDO

CONTENIDO

PREFACIO

Vivimos en un mundo en guerra. No solamente me refiero a guerras entre países, pero también entre antiguos amigos, hermanos, cónyuges, padres e hijos. Los conflictos entre países son quizás más dramáticos, pero las guerras enardecidas y frías que se enconan en los corazones de los miembros de la familia, vecinos y amigos traen más dolor y sufrimiento a esta tierra en un solo día que todas las armas del mundo desde el principio del tiempo. Si es que algún día deseamos tener paz en la tierra, debemos primero encontrar la manera de tener paz en nuestros corazones y hogares.

"Yo soy el camino"[1], el Señor declaró. "Después de tu tribulación, yo te buscaré", él prometió. "Y si no se obstina su corazón ni se endurece su cerviz en contra de mí, yo lo sanaré"[2]. Nada es más importante entender de que la expiación del Señor no solamente *es* la respuesta a nuestros diarios y dolorosos dilemas, pero *cómo* es la respuesta. Este libro es una explicación de cómo el Señor "siente después de nosotros para poder sanarnos", y lo que debemos hacer para recibir la paz de su curación. Es la historia de un esposo y esposa cuyo matrimonio está en problemas. También podría ser la historia de un padre e hijo que no se hablan, o de vecinos que se enfurecen sobre la invasión a su propiedad. La expiación llega a lo más profundo de los problemas cotidianos y al fondo de cada riña y de cada sentimiento herido. Al dilema de un corazón duro, él ofrece la promesa de uno nuevo. Al dolor de los sentimientos heridos, él ofrece el bálsamo de su amor. A la absoluta soledad, él ofrece la compañía de los cielos.

Su nacimiento fue anunciado con las palabras "paz y buena voluntad para con los hombres"[3], porque es su expiación lo que hace que la paz y la buena voluntad sean posibles. Ya sea que vivamos en un hogar o en un refugio, el camino a una paz verdadera, profunda y duradera es solamente por medio del Príncipe de Paz. "Él es nuestra paz", declaró Pablo, porque por medio de la expiación, él ha "derribando la pared intermedia de separación entre nosotros, aboliendo en su carne la enemistad"[4].

Hay demasiados dilemas en nuestros corazones y hogares y demasiada enemistad entre nosotros. Pero el carpintero de Nazaret ha construido para nosotros la paz. Mi deseo es explorar con ustedes *cómo*.

PARTE I

EL REGALO DE ABIGAIL

I
─────

UNA TORMENTA
EN EL ALMA

L a noche era fría, en muchos sentidos. Afuera, un viento
fuerte golpeaba gotas de lluvia contra las ventanas. Los
aleros arriba de la cama de Rick Carson rechinaban como
siempre en las tormentas de aire, y él podía oír los muebles del
patio raspando lentamente contra el patio como si cada silla
estuviera tratando en vano de agarrarse de un puñado de
cemento. A veces se sentía como si la armadura de madera de
la casa se estuviera doblando, un movimiento que Rick suponía
que podía medir si tuviera ya sea el motivo o los instrumentos
para hacerlo. Quizá en su propio vano intento de mantener la
casa anclada a los amarres, él se presionaba más a la cama en un
intento vano de aferrarse a algo sólido.

Acostada detrás de él estaba su esposa de doce años. Ellos
abrazaban sus respectivas bordes de la cama, ella hacia la
ventana y él hacia la pared, cuidándose de no tentarse uno al
otro. Tenían tres días que no se hablaban, excepto por
necesidad—un largo tiempo como la lluvia que había estado

3

golpeando su hogar. Rick no podía dormir y se preguntaba que había hecho para merecer esto. *Nuestro matrimonio es un fraude,* pensaba él, a pesar de que él consideraba que había hecho todo su mejor esfuerzo. *No hay cariño, ni entendimiento.* Suspiró con desesperación.

Las cosas habían estado tan mal con Carol por tanto tiempo que Rick apenas podía recordar los buenos tiempos. Si hubo algunos. De hecho durante los primeros años de su matrimonio, Rick había pensado que era bastante feliz, y había creído que Carol también lo era. Rick ya no estaba seguro que tan felices él o Carol *habían* sido. Las memorias del pasado y esperanzas del futuro flaqueaban bajo el peso de un presente deprimente.

A pesar de la nube de infelicidad que él sentía que envolvía su matrimonio, Rick había hecho hasta ese momento lo mejor que había podido para reducir y negar sus problemas. Para sobrevivir, él aplicó una clase de truco de distracción interior— empujando de su mente pensamientos de Carol, su matrimonio, y las injusticias y dolores que habitaban en su interior y concentrándose en otras cosas. *Todo estará bien si sólo puedo aguantar,* él pensó, haciendo lo mejor que podía para poner una cara feliz en su relación. *Carol cambiará,* pero Carol no cambió, y su relación solamente se deterioraba aun más.

Acostado en la cama, Rick tenía la sensación de que algo pasaba a pesar de la paciencia que él había pretendido ejercitar. Entre más ejercitaba la paciencia, más amargado e impaciente se hacía. No se sentía distinto a los adictos a estupefacientes y alcohólicos que se sacian con la mentira ingeniosa de "este toque o trago será el último". Su matrimonio estaba en problemas y lo que temía más es que no estaba seguro si le importaba o no.

Por los últimos cinco años más o menos él había derramado muchas lágrimas por el aprieto en el que se encontraba. Una noche Carol había sugerido que quizá lo mejor sería si él se fuera de la casa por algún tiempo. "El tiempo separados quizá nos ayude apreciarnos más", ella dijo. Pero su voz carecía de convicción y sonaba hueca de esperanza. Era una voz que Rick conocía muy bien, porque él la había escuchado dentro de él también.

Rick recordaba esa terrible noche al encontrarse acostado escuchando la tormenta. Cuando Carol insinuó que se fuera de la casa, fue como si el mismo infierno abriera grandemente sus mandíbulas para darle a Rick una inmediata y amenazadora vista de lo que él había tratado de no ver. Él empezó a estremecerse incontrolablemente, y sentía que las lágrimas que salían a borbotones habían originado desde la médula de sus huesos. Las lágrimas, estremecimientos y lloridos llegaban en torrentes. Justo cuando parecía que desaparecía un espasmo de desengaño y su cuerpo empezaba a tranquilizarse, una nueva ola se desbordaba dentro de él y sus gemidos empezaban de nuevo. Él sentía que la esperanza de felicidad en la cual el se aferraba hasta ese momento se deslizaba con cada lágrima. Mientras tanto, Rick recordaba, Carol estaba acostada al lado de él sin ninguna emoción. Ella no se había acercado para consolarlo.

Acostado ahí recordando, Rick todavía podía sentir el eco de aquellos estremecimientos dentro de él. Las cosas se habían calmado un poco entre él y Carol en los últimos dieciocho meses, pero los elementos deprimentes de su relación estaban aún igual. Él no se había ido como Carol le pidió, porque, probablemente por lástima, ella había retirado la sugerencia.

Pero sus palabras todavía estaban en el aire entre ellos—*"Quizás necesitemos estar lejos el uno del otro . . . quizás eso ayude . . ."*

Rick sabía a que atenerse. Con la indiferencia que él sentía dentro de él, tenía temor que le *gustara* estar lejos—tiempo lejos de demandas, expectativas, criticas, y el peso de la infelicidad de Carol que lo presionaba y lo acusaba siempre que estaban juntos. Aún peor, Rick tenía temor que a Carol también le gustara estar sola—un riesgo con implicaciones que él no podía soportar.

La luz de la calle enfrente de la casa proyectaba suficiente luz en medio de la tormenta para iluminar la pintura de ellos dos que colgaba de la pared. El pintor había captado a Carol perfectamente, él pensó, desde la línea de sus labios, a la determinación en su mandíbula, a la frialdad de sus ojos. *Aun el pintor no lo podía negar,* él pensó, sintiéndose más desilusionado. *¿Porqué no lo pude ver antes de casarnos?*

2

MEMORIAS

Rick y Carol eran ambos miembros de la Iglesia de Jesucristo de Los Santos de los Últimos Días—"Iglesia Mormona", como fue apodada por los primeros antagonistas. Ellos se casaron en uno de los templos sagrados de la Iglesia, éste en Los Ángeles. Los templos se diferencian a los edificios ordinarios de la Iglesia, en que los templos son apartados únicamente para efectuar ordenanzas sagradas pertenecientes a "familias eternas"—la idea es que las familias pueden ser selladas como unidades familiares en las eternidades, con cada familia juntada a las generaciones que la precedieron, hasta que todos los miembros dignos de la raza humana sean sellados a la familia de Dios.

A Rick y Carol se les había enseñado desde muy temprana edad que el matrimonio en el templo por uno con la autoridad del sacerdocio para sellar parejas más allá de la muerte y por las eternidades era la máxima ordenanza de su fe y la decisión más importante de sus vidas. Así que no tomaban el matrimonio a la ligera. Cuando entraron al templo aquel día de primavera, ellos creían que estaban empezando algo que duraría para siempre.

Como muchos jóvenes de su fe, Rick sirvió una misión para la Iglesia por dos años—dos años lejos de la escuela, del trabajo y de salir con jovencitas—durante el cual no hizo nada más que enseñar a la gente sobre sus creencias. Había regresado de su misión hace menos de un año, y estaba tratando de superar el haber sido plantado por "la mujer de sus sueños", cuando miró a Carol por primera vez.

Era el primer día del nuevo semestre en UCLA (universidad en EUA). Rick estaba sentado contra la pared en el cuarto de clases del instituto—un curso de estudio religioso para miembros de la fe mormona—cuando ella entró, miró alrededor insegura y tomó su asiento en el lado opuesto del salón. Era alta, con cabello castaño y ondulado hasta los hombros. Esbelta, atlética, y muy bonita, físicamente le recordaba a Rick de Glenda, su ex-sueño, y la miraba casi en duelo. Pero al robar miradas en dirección a la nueva joven, él miraba algo diferente en ella. Ella parecía menos segura de sí misma que Glenda. Él podía darse cuenta por la manera en que sus ojos lanzaban miradas a otros, como preguntándose, ¿qué pensarán de mí? Glenda nunca hubiera hecho eso, él pensó. Creyendo que todos la miraban, ella se hubiera sentado majestuosamente quieta, como un trofeo, demostrando que no tenían ninguna esperanza en ganarla.

Rick, al estar pensando en lo antes mencionado, miraba fijamente a la nueva muchacha, pero ella lo descubrió—encontrando su mirada con la de ella. Él se volteó inmediatamente, forzándose a concentrarse en el instructor, cuyas palabras habían sido solamente ruido amortiguado hasta ese punto. Todavía, él podía ver a la chica de reojo y finalmente se rindió a las ganas de mirar en la dirección de ella. Él resolvió que tenía que encontrar la manera de conocerla.

Ella se fue demasiado rápido esa noche para poder alcanzarla, así que Rick se sentó cerca de la puerta dos noches después, directamente detrás de donde ella se había sentado el martes. Y, como había pensado, antes que empezara la clase, ella entró, sola, y se sentó delante de él.

Él tampoco escuchó mucho de esa lección.

Él se presentó después de la clase. Su nombre era Carol Holly Adamson. Ella había crecido en Bakersfield, la cuarta de una enorme cría de trece hijos. Ella había regresado ese semestre después de dos años. Había dejado la escuela para trabajar y ahorrar dinero para sus gastos escolares. Ella tenía veintidós años y era estudiante de segundo año en la universidad.

Su timidez, Rick descubrió después, era debido en parte a la pobreza en la cual había sido criada. Ella también había bajado de peso considerablemente en el año anterior y se miraba mejor de lo que ella estaba acostumbrada. Ella ahora era una belleza de primera clase sin la actitud que Rick esperaba de muchas que se miraban como ella. A él le gustó inmediatamente.

Su noviazgo había sido rápido como un relámpago para el estándar de L.A. (Los Ángeles)—seis meses después estaban comprometidos, y otros tres casados. Once meses después, su primer hijo, Alan, nació. Otro hijo, Eric, vino tres años después, seguido unos años después por dos niñas nacidas solamente quince meses de diferencia—Anika de cinco años y Lauren tenía tres. Los embarazos habían hecho que Carol aumentara las libras que había perdido antes de conocer a Rick, y aunque a veces él deseaba a la mujer atléticamente esbelta de la clase del instituto, él todavía la encontraba atractiva, aun con todos los problemas que habían estado teniendo. Si había un problema en el departamento de la atracción física, era que Carol encontraba su perdida de cabello de él y su aumento de cintura poco atractivas. La chispa ya no existía, y él resentía esto de ella.

Los niños eran el orgullo y gozo de Rick. Eran hijos maravillosos, un poco propensos a la broma, lo que Rick fácilmente descartaba en vista de sus propias memorias de la niñez. "Nada más son niños", él había protestado a Carol en varias ocasiones cuando le parecía a Rick que ella era demasiada dura con ellos. "Tranquilízate un poco". Pero a la vista de Rick, nunca se tranquilizaba lo suficiente. Ella rezongaba con los niños de la misma manera que lo hacía con él, especialmente con los niños. "Limpia esto", "pasa la aspiradora por aquello". "No hiciste lo suficiente". "¿Porqué no te importa esto?" "¿Cuándo empezarás a pensar en otros?" y etcétera. Ningún reconocimiento positivo, ningún reconocimiento de gratitud—solamente cubetas de preocupaciones, inseguridades y quejas.

Rick trataba de dedicar tiempo de calidad con los niños, en parte para compensar lo que él creía era la falta de atención positiva de Carol y en parte para enterrarse en relaciones de amor incuestionables. "Cada niño merece tener un perro", un amigo le dijo una vez, "porque los cachorros aman a sus pequeños amos sin importarles lo que haya pasado en la escuela". Para Rick, sus hijos eran sus cachorritos. Ellos corrían a él cuándo llegaba a casa, le suplicaban que jugara con ellos, y les encantaba descansar en sus brazos. Su cálido y fuerte cariño lo mantenía a flote. También, sin embargo, lo hacían pedazos. *Si ellos conocieran los sentimientos de sus padres*, él pensó, *no lo sobrevivirían; estarían devastados y marcados de por vida.* Su corazón sufría por ellos.

Si no fuera por los niños, y por las ramificaciones del divorcio—ambos familiar y de la Iglesia—Rick no estaba tan seguro de que todavía estuviera casado. Él estaba tambaleándose al borde de un abismo, un abismo con implicaciones y complicaciones eternas y no solamente para él.

Los pensamientos eran demasiados dolorosos, de modo que hizo lo que siempre hacía—tratar de pensar en otras cosas, la manera en que uno de sus amigos tontamente trataba de pensar en otras cosas cuando sentía el Espíritu, en orden de no llorar. Rick cerró sus ojos y trató de forzarse a dormir—un proceso de una hora más o menos, interrumpido por frecuentes miradas al reloj para ver cuanto tiempo había pasado.

Finalmente, se dio por vencido, se volteó de espalda, y empezó a pensar en uno de sus héroes—el abuelo Carson.

El abuelo Carson tenía diez años de muerto, y su muerte había sido muy difícil para Rick. Ellos habían llegado a ser muy unidos a través de la niñez y adolescencia de Rick; él pasaba muy seguido largos períodos durante los meses del verano con el abuelo y la abuela en la granja. Algunas veces la hermana y hermano menor de Rick se juntaban con ellos, pero casi siempre era solamente Rick y sus abuelos que pasaban días y a veces semanas juntos. Durante esos períodos, el abuelo le enseñó a pescar, a jugar golf, como cuidar a los caballos, y, quizá más que nada, como cuidar a una esposa. La abuela Carson era notoria en la familia por ser una mujer imposiblemente difícil. Era la mejor abuela que cualquiera desearía—cariñosa y halagadora con los nietos desde el amanecer hasta el anochecer. Pero era una mujer completamente diferente hacia el abuelo. Parecía que nunca podía hacer nada bien. Siempre era "Daniel esto" y "Daniel aquello". Ella lo humillaba despiadadamente, desde su mal conducir, aunque fue *ella* la que atropelló bombas de gas en más de una ocasión, hasta su poco pelo que se peinaba orgullosamente en su cabeza casi calva, a la manera que él mintió a una pareja de ladrones sobre dinero que dijo que no llevaba (una falsedad de lo cual ella inmediatamente enteró a los ladrones). Ella entregaba la mayor parte de sus golpes con una sonrisa, casi como si fueran una broma. Pero la magnitud del volumen de sus comentarios deben haber causado quizá un terrible daño. Rick y los otros nietos siempre se maravillaban sobre la manera magnánima en que el abuelo reaccionaba. Él guiñaba el ojo al nieto más cercano, y sus ojos brillaban cuando él acentuaba "Oh, abuela" en una aparente fingida protesta. Él no parecía tomarla en serio cuando ella hablaba de esa manera, jugando con sus comentarios como si se divirtiera y dando a los nietos la señal para leerlos de la misma manera. Después de tantos años juntos era como si los dos hubieran perfeccionado una rutina de comedia, el abuelo interpretando a Laurel y la abuela a Hardy (un dúo de comedia americana).

Pero Rick sabía que no era exactamente así, ya que se sentó entre sus abuelos durante un regreso al rancho una tarde caliente en el verano cuando el abuelo perdió su brillo en su mirada y se le olvidó guiñar. Rick tenía aproximadamente nueve años en aquel momento. La abuela había estado fastidiando al abuelo sobre algo y el abuelo de repente perdió los estribos. "¡Oh, vete al diablo!" el dejó escapar con disgusto.

Rick se sentó asombrado cuando ellos continuaron a casa en silencio, ya que él había sido criado en creer que jurar era un tabú. Él se sentía como el elefante proverbial en medio del cuarto que nadie se atrevía reconocer. Cuando llegaron al rancho, Rick se fue directamente a su cuarto. Desde su cama él los escuchó discutir sobre como la abuela trataba al abuelo enfrente de los nietos.

El coraje y la discusión no disminuyeron la admiración que Rick tenía hacia el abuelo, pero mejor dicho lo ampliaron, porque él sabía que el abuelo estaba herido por los comentarios negativos de la abuela, pero parecía amarla de todos modos. Y por el resto de sus días, nunca más perdió el brillo de sus ojos o se le olvidó guiñar. Por lo menos, no enfrente de Rick.

Durante los últimos años, Rick pensaba seguido en su abuelo. Más y más se encontraba sintiendo que se había casado con una versión joven de su abuela. Él pensaba en el abuelo y su ejemplo de perseverancia como un modo de sobrevivir. A veces él tenía el sentimiento que su abuelo lo estaba observando de dondequiera que él estaba. Este pensamiento ayudaba a Rick que frenara sus peores impulsos y le ayudaba a hacer lo mejor de su infeliz situación.

En algún lugar en medio de estos pensamientos, Rick se dio por vencido al sueño que el tanto deseaba. Mientras se quedaba dormido, sus memorias fueron construyéndose alrededor de él, y se encontró en el rancho del abuelo.

3

MARCHANDO HACIA CARMEL

La cena se estaba cocinando, y el aroma de sopa de pollo, la especialidad de la abuela, atravesaba por el aire. Rick buscó a su abuela, pero no la encontró. Él miró por la ventana hacia la laguna de pesca y más allá de la pradera. Su abuelo Carson estaba parado en medio de la pastura, a unas cuatrocientas yardas de distancia, mirando hacia la casa. Rick supo instintivamente que el abuelo lo estaba esperando. Él, con entusiasmo, saltó de la casa y corrió cuesta abajo por la vereda de tierra a los campos.

El espectáculo alrededor de Rick lo inundó con memorias—la laguna justo abajo de la casa en donde había atrapado su primer pez, el arroyo que drenaba de la laguna y había sido el lugar para muchas "carreras de ramas" entre los primos y él, el montículo rodante de pastura que le había creado desafíos cuando él movía la tubería de irrigación, pero que le permitía divertirse en el móvil de nieve durante el invierno. De todos los lugares, este era el favorito de Rick—el aire libre y la maravilla de su niñez.

"¿Cómo está mi compañero de golf?" preguntó el abuelo con una jocosa familiaridad cuando Ricky lo alcanzó. Él traía su camisa de marca de golf, pantalones caqui y zapatos tenis—"su ropa de trabajo". Estas ropas eran parte de la tradición familiar, ambas porque parecía que nunca se cambiaba (o tenía varios cambios del mismo traje) y porque, por ser un ranchero, estaba increíblemente mal apropiado para el trabajo pesado. Al disgusto de la abuela Carson, él invertía mucho dinero en emplear personas y era el primero en sugerir una alternativa al hacer los quehaceres cuando los nietos visitaban. Él retuvo su amor por las aventuras joviales casi hasta su muerte. Su aspecto era como Rick lo recodaba, aunque sin sus anteojos que usualmente llevaba. "Estoy bien, abuelo", Rick mintió.

"¿Cómo está Carol?"

"Oh, ella también está bien", volviendo a mentir, sintiéndose un poco inquieto.

El abuelo Carson miró fijamente a Rick. "¿Y los niños?"

"Oh, están bien; estarías orgulloso de ellos", Rick respondió entusiasmado y agradecido por una pregunta a que podía responder honestamente y sin ningún esfuerzo. "Alan tiene mucho de *ti* en él, abuelo. Desde su desagrado por el trabajo duro", él añadió, bromeando.

El abuelo Carson sonrió satisfecho, pero no reventó en risa de oreja a oreja, la cual Rick recordaba tan cariñosamente y esperaba provocar.

El abuelo Carson retuvo la mirada en Rick sin decir una palabra, y la inquietud de Rick creció. Él se sentía obligado ya sea de apartarse o de hablar de la inquietud que sentía.

"Él y Eric son buenos jóvenes", él dejó escapar, optando por hacer lo último. "Amorosos, pero serios en las cosas serias— bueno, para los adolescentes". El abuelo Carson otra vez asintió con la cabeza con placer, aún sin decir nada.

"¡Y las muchachas!" Rick exclamó, hablando demasiado de la manera que uno hace cuando trata de evitar otros temas. "Anika y Lauren son unos angelitos. Ellas me hacen sonreír".

"Sí, Ricky", su abuelo interrumpió. "Ellas también me hacen sonreír".

"Pero tú—"

"¿No las conociste?" respondió el abuelo Carson.

Rick asintió la cabeza tímidamente.

El abuelo volteó la cabeza y miró a la distancia. Él hizo un vistazo ligeramente, el cual arrugó su piel desde la esquina de sus ojos hasta la sien. Para alguien que no lo conociera, este vistazo parecería solamente un atento de enfocarse en un objeto distante. Pero Rick lo conocía mejor. Esta, como la sonrisa radiante que Rick esperaba ver, era una mirada que Rick conocía. El abuelo se estaba enfocando más en sus pensamientos que en su visión. Algo estaba en su mente, y Rick temía saber lo que era.

"¿Recuerdas cuando cortamos las hierbas en la península pequeña de la laguna y la convertimos en una isla green?" el abuelo Carson preguntó, inclinando la cabeza hacia el lago en el sureste de la península.

"Sí, recuerdo", Rick sonrió, aliviado por la pregunta. Pasaron casi todo el día en cortar el césped e instalar una asta para la bandera—un proyecto en el cual se embarcaron en lugar de mover la tubería de irrigación. La abuela no estaba feliz con esto.

"¿Recuerdas cuando hiciste el hoyo en uno ese día?"

¡Qué sí se acordaba! Rick había contado esa historia tantas veces, con tanto orgullo, que al pasar los años se le había olvidado sentirse mal sobre el hoyo de tres pies de diámetro que consideraron que era la copa. "Nunca lo olvidaré, abuelo".

"¿Recuerdas que tan feliz estabas?"

"Oh sí, absolutamente. Creo que sonreí toda la semana".

"Yo también, Ricky", el abuelo estuvo de acuerdo. "Ese fue un gran período".

Se detuvo por un momento para recordar aquel día. Después se volvió hacia Rick.

"¿Eres tan feliz ahora, Ricky?"

A pesar de sus presentimientos que la conversación se volteara a esa dirección, la pregunta lo tomó a Rick por sorpresa. Él tanto querría decir "Sí", pero lo mejor que pudo hacer fue un poco convincente, "Sí, creo que sí".

Él bajó la mirada, traicionando todo que sus palabras habían tratado de mantener escondido.

"Te he estado observando, Ricky. Pido reportes tan seguido como me es posible, y ocasionalmente, se me permite venir a ver cómo estás. Estoy tan orgulloso de ti, hijo". (A menudo llamaba a Rick "hijo", y a Rick le encantaba que lo hiciera). "Eres muy trabajador y un gran padre. Pero sé un poco sobre los problemas por los que estás pasando—tanto porque los puedo ver como porque yo los he pasado también. Has estado en mis oraciones por años, y más ahora que nunca. Hay muchos que oran por ti, mi muchacho".

Rick se quedó en silencio, a medias entre avergonzado y agradecido. *Entonces el abuelo sabe*, él pensó, resignadamente, *él sabe*.

Rick terminó con la farsa. "No sé que hacer", él se lamentó.

"Para decirte la verdad, las cosas están muy difíciles en este momento. He hecho todo lo que está de mi parte, pero nada ayuda".

"Ya sé, Ricky, ya sé. Pero hay algunas cosas en las que no has pensado. Y lo más importante será algo que no puedes hacer tú, pero será algo que debes permitir que se haga por ti".

"¿Qué quieres decir?"

El abuelo sonrió. "Ven, quiero enseñarte algo".

De pronto, Rick se encontró arriba de la colina que corría por la frontera este del rancho. Él y su abuelo estaban parados al lado de una enorme roca que se inclinaba como una centinela en el "lugar calvo" de la montaña—el punto más alto de la montaña y el lugar perfecto de muchos paseos de caballo durante su juventud. De ese mirador, mirando hacia el oeste, él podía ver todo el rancho, con sus pasturas, lagos y bosques. El rancho era un diminuto punto, pero lo podía ver, junto con la laguna. Desde esta altura, el techo del granero era visible atrás de los bosques de algodón que normalmente tapaban su vista. Más abajo, en la base del cerro, corría el río Squalim, en donde Rick y su familia habían jugado tanto—pescando, acampando y flotando en tubos a través de los calmados rápidos.

"Ven, Ricky", dijo el abuelo, poniendo su brazo alrededor del hombro de Rick y volteándolo en otra dirección diferente al rancho. "Quiero que veas algo". Él llevó a Rick al punto más alto de la montaña para que mirara hacia el este. Fue una sorpresa para Rick que miraron hacia abajo a un enorme páramo desértico. "Nunca vi esto antes", dijo él. "¿Siempre ha parecido así?" El abuelo no contestó. ¿Miré alguna vez al este de la sierra? Rick se preguntó. No podía recordar.

Directamente abajo de ellos se desplegaba un plano

desértico. Desde esta posición ventajosa en la montaña, Rick podía ver en cada dirección. Al norte, el plano se levantaba gradualmente en las colinas. Al sur, sin embargo, las tierras continuaban más allá de lo que el ojo podía ver, con escarpadas cimas empujando hacia el cielo aquí y allá en la distancia. Veinte millas más o menos al este, el plano se desplegaba en un desolada y ominoso región de medianas y altas montañas. Las grietas y hendiduras en los áridos cerros hacían que el área entera se mirara como si hubiera sido horneada en un horno. Por algunas de aquellas grietas, Rick podía ver más allá de las colinas que brillaba a la distancia un gran valle lleno de lagos.

"¿Abuelo, siempre ha estado esta tierra en estas condiciones?" Rick trató una vez más.

"Sí y no, Ricky", él contestó. "La tierra se ha visto así por milenios, pero no, nunca la habías visto antes desde aquí".

"Yo no entiendo".

El abuelo asintió pero no dijo nada. Parecía que esperaba algo.

"Mira", dijo finalmente. "David y sus hombres se acercan".

Rick miró hacia la dirección que su abuelo señalaba, hacia el noreste. A lo lejos en el plano desierto, Rick podía distinguir lo que parecía ser una área de maleza. Pero al mirar más de cerca, podía ver que la maleza se movía. "¿David?" él exclamó en voz alta, inseguro de quien el abuelo hablaba.

"Si, mira".

Rick repentinamente se encontró en el valle desértico junto con un grupo de hombres, como seiscientos en número. El polvo se aferró a su ropa, que para la mayoría de ellos consistía en ropa bruscamente cortada que le recordaba a Rick a ropa que había visto venderse por los vendedores callejeros en viajes a

Tijuana. La ropa estaba sujeta alrededor de la cintura con cintos de cuero grueso. Pedazos de ropa más pequeña y liviana adornaban sus cabezas y estaban atados por un cordón; eran similares en color y peso a la ropa interior que se podía mirar por entre los desgarrones y agujeros de la ropa. Sus barbas espesas y desarregladas, el cuero de cara y manos, roñosas y secas. Rick no podía dejar de pensar que la piel se asemejaba al terreno horneado que había visto antes desde la cordillera. Parecían vagabundos de los días del Antiguo Testamento que habían estado viviendo en el desierto por años sin la influencia ya sea de la civilización ni de mujeres apacibles.

Rick pronto descubrió que era precisamente eso lo que ellos eran.

Un grupo de diez o más hombres se acercaron a la multitud, y la multitud se separó, permitiéndoles ir al centro de la multitud. Allí Rick vio a un hombre fornido y de una apariencia magnífica. Había una dignidad en él que lo separaba de los demás hombres y del terreno a su alrededor. Era obvio por su piel, ropa, y barba que había estado viviendo de esta manera el mismo tiempo que los demás, pero había algo diferente en él, casi como si su alma se hubiera mantenido húmeda mientras que de los otros estaba reseca. Rick entonces se dio cuenta que la ropa del hombre, aunque estaba tan polvorienta y gastada como la de los demás, parecía estar hecha de un mejor material. Intensos colores se asomaban en medio del polvo. *Él pertenece a otros lugares*, Rick pensó, *lugares más elevados. Este no es su hogar.*

El grupo se acercó y se paró enfrente del hombre. "David, hijo de Isasí, hemos estado en la casa de Nabal", habló el hombre al frente.

¡David, hijo de Isasí! Rick pensó. Él miró al abuelo con una mirada de interrogación. "Si, Ricky", él dijo, como si le leyera la mente, "este es David, hijo de Isasí, futuro rey de Israel".

"Es como pensabas, mi señor", dijo el portavoz, cuya voz llamó la atención de Rick otra vez a la escena. "Los esquiladores de Nabal han juntado su abundancia para regresar a Carmel y están divirtiéndose y comiendo". La multitud de hombres, que se estaban juntando alrededor del grupo de diez, asintieron con la cabeza felizmente y sonrieron con sus labios resecos en aprobación.

"Pero él niega que te conoce, mi señor. Él se rehusó a reconocer nuestro servicio a sus hombres y a su propiedad. Se burló de nosotros y rechazó nuestra petición de provisiones. Hemos regresado sin nada".

A esto, la multitud eruptó en cólera. "Esto es una atrocidad", gritó un hombre a la derecha de Rick. "Él debe pagar por esto, rechazando al hijo de Isasí", gritó otro, agitando su puño con enojo. La multitud alardeaba su aprobación, y otros empezaron a gritar más atrocidades. Empezaron a estimularse unos a otros hasta enfurecerse.

"¿Qué pasa aquí, abuelo?" preguntó Rick.

"El veinticinco capítulo de Primer Samuel", dijo él. "Quizás has estado jugando demasiado golf", él añadió, sus ojos bailando con humor.

"David y su grupo de parias han sido forzados al desierto para sobrevivir", su abuelo continuó. "Después que David mató a Goliat, su fama aumentó por toda la tierra. El rey Saúl llegó a estar insanamente celoso de él y por años ha tratado de matarlo. David ha estado viviendo la vida de un vagabundo, y estos hombres, casi todos fugitivos de la ley y parias de la sociedad, se han unido a él en el desierto. Estamos ahora en el desierto al sur de Judea, en una área conocida como el desierto de Paran. La masa de agua que viste a la distancia hace un momento es el Mar Muerto.

"Aquí David y sus hombres han estado protegiendo a los pastores y el rebaño de un hombre llamado Nabal. Los hombres de la tribu Bedouin frecuentan estas partes, y sin protección muchas de las ovejas de Nabal se hubieran estado perdido. David y sus hombres hubieran podido tomar el rebaño de Nabal para su propio sustento, pero no lo hicieron. Ni tampoco tomaron lo que los pastores o el rebaño necesitaban. Los esquiladores de Nabal ahora se juntaron en el pueblo Judea llamado Carmel, hacia la propiedad de Nabal, para esquilar y celebrar su abundancia, y como puedes ver, David y sus hombres están aún en necesidad. Sus provisiones se terminan".

"A pesar de esto—a pesar de toda su ayuda en posibilitar la abundancia de Nabal—¿él se rehúsa ayudarlos?" Rick preguntó indignadamente.

"Sí".

"Con razón están enojados", Rick murmuró.

Rick se volvió hacia los hombres, que gritaban y agitaban sus puños al aire alrededor de David. Desde el reporte de sus hombres, David estaba quieto, su semblante caído. Rick lo miró entre la multitud. Él había sentido una puñalada con el rechazo, por seguro, pero al parecer ahora estaba recuperando su compostura. Rick podía ver la tensión creciendo en su cara mientras sus hombres gritaban alrededor de él. Los ojos de David se entrecerraron y de repente se llenaron de resolución. Levantó su brazo por encima de su cabeza, deteniendo rectamente una larga cuchilla de acero que brillaba con el sol.

"Cíñase cada uno su espada"[5], él gritó encima del clamor. "Vamos a Carmel a pagar nuestro respeto a un tonto llamado Nabal".

Los hombres se pusieron furiosos. De pronto entre esos hombres llamó la atención de Rick un hombre que podía ser su gemelo. Él, con el resto, vitoreaba salvajemente, espada en mano.

Asombrado, Rick observó como David ordenó a la tercera parte de los hombres para que se quedaran con las escasas provisiones y después organizó a los otros cuatrocientos, más o menos, incluyendo al gemelo de Rick, para la marcha a Carmel. Al observar esto, Rick de pronto entendió que el hombre no era su gemelo sino él mismo. Él marchaba con David a Carmel. *¿Pero por qué?* se preguntaba. *¿Qué estoy haciendo en este sueño?*

La procesión iba rumbo al norte hacia las montañas, levantando el polvo del desierto. Cuando finalmente el rastro de polvo desapareció en la subida de la montaña, Rick volteó a ver a su abuelo.

"¿Por qué me has enseñado esto, abuelo?" él preguntó. "¿Por qué estamos aquí? ¿Y por qué me vi entre los hombres de David?"

4

ALMAS EN GUERRA

Te viste a *ti mismo?*"

"Sí".

"Interesante", dijo el abuelo, mirando hacia la dirección que el ejército se había ido, como si estuviera meditando la revelación. "Y quizá también apropiado".

"¿Apropiado? ¿Por qué?"

"Porque temo que tú también vas marchando hacia Carmel, mi muchacho".

"Pues sí, yo voy. Me acabé de ver".

"No, no quiero decir solamente aquí, Ricky. Quiero decir en tu hogar también".

"¿Qué?"

Hubo una larga pausa antes que el abuelo Carson respondió.

"Ricky, quiero compartir algo contigo, algo que quizá no sabes, o por lo menos no completamente".

"Está bien", él respondió cuidadosamente.

"¿Recuerdas a mi hermano, tu tío José?"

"Sí, por supuesto. Él murió en el accidente de coche unos años antes—"

Rick se detuvo, porque estuvo a punto de decir "antes que tu murieras", que parecía maleducado e incorrecto dadas las circunstancias. "Es decir, él murió hace quince años, yo recuerdo. Algunas veces los tres jugábamos golf juntos. Tú eras muy cercano a él; yo recuerdo eso—compañeros de pesca y cosas similares".

"Sí, pero no fue siempre así, y de eso quiero hablarte. Mis padres murieron veinte años antes de que tú nacieras, dejando a José y a mí solos. Por supuesto, cada uno de nosotros ya éramos padres antes de aquel tiempo, y aunque fue un terrible y triste período, pudimos reponernos y salir adelante. Hasta que nos dimos cuenta del testamento y de cómo se dividirían los bienes.

"José era el mayor y esperaba que el rancho fuera para él, y yo también. O si no, esperábamos que se dividiera entre los dos de alguna manera. Pero mamá y papá me lo dejaron a mi—*todo*. José recibió otras cosas, algunas de ellas de mucho valor, pero la pérdida del rancho fue un golpe para él.

"Y en aquel entonces, yo no fui lo suficientemente sensitivo a la situación. Yo no pensé en los sentimientos de él, el mayor, al perder su 'patrimonio', interrogando retrospectivamente su amor y relación con su madre y padre. En silencio, yo cantaba victoria por mi buena fortuna. Yo amaba ese gran lugar. Y secretamente, yo empecé a sentir que lo merecía. Fui yo, por ejemplo, que había ido a vivir con ellos para ayudar a mi padre con el rancho cuando se lastimó la espalda, y etcétera, etcétera.

Tu abuela y yo mudamos a la familia al rancho en los siguientes tres meses".

"Al pasar los meses, José y yo tuvimos algunos altercados sobre los bienes. Él se llevó algunos de los caballos del rancho los cuales le habían dejado y empezó a criarlos en otra parte. Empezamos a pelear por baratijas que ambos pensábamos se nos habían prometido. Él paró de pagar el fideicomiso familiar que era para ayudar a nuestros hijos y nietos para que pudieran servir una misión o asistir a la universidad, y él comenzó a hablar mal de mí a muchos de nuestros mutuos amigos y conocidos.

"Bueno, no parece que hiciste nada malo, abuelo".

"Eso es lo que yo mismo me decía, Ricky. Pero si eso fuera verdad, si no hice nada malo, ¿por qué yo y José dejamos de hablarnos por catorce años?" Esto *era* algo que Rick nunca había escuchado.

"No. Y tampoco las familias. Tu padre no miró a sus primos por probablemente dos décadas. José no fue a su boda".

"Pero eso no fue tu culpa, abuelo. Nada más seguiste los deseos de tus padres. Me parece a mí que fue la culpa del tío José".

"¿Piensas que sí seguí los deseos de mis padres, Ricky?" "¿Piensas que ellos desearon que hubiera casi dos décadas de separación entre sus hijos?"

"Pero el *terreno*, abuelo. Tú no hiciste nada malo".

"Ah, otra vez, lo mismo que *me había* estado diciendo. Pero con el tiempo me di cuenta de que necesitaba mirar más profundamente. Hay maneras de estar correctos en la superficie y enteramente equivocados por dentro. Eso es lo que el Salvador anunció al mundo. 'La ley sola, no te puede salvar', dijo él. 'Yo requiero el corazón'[6]. Él reservó su más abrasadora crítica para las personas más correctas, por fuera, del día, los fariseos, los cuales él acusó de ser 'sepulcros blanqueados'—se muestran hermosos por fuera, mas por dentro están llenos de inmundicia[7].

"Estoy avergonzado de los años que estuve alejado de mi hermano—y por mis sentimientos hacia él durante ese período. Aun si hubiera estado correcto sobre el asunto del terreno, y no estoy seguro de haberlo estado, mi corazón luchó contra José por años. Y eso, Ricky, nunca puede ser correcto. Mis padres no me legaron un corazón de guerra. Yo tomé eso por mí mismo".

Él tomó una pausa por un momento y cambió su posición. "Hay algo más de lo que me avergüenzo, Ricky".

Rick esperaba.

"Hace muchos años, cuando eras muy joven, dije algo que no debí haber dicho enfrente de ti. Me enojé con la abuela. Lo he lamentado desde entonces. Espero que se haya borrado de tu memoria, pero me preocupa que es algo que nunca se borra".

Rick quiso negar que lo recordaba pero no pudo a causa de la sinceridad de su abuelo. "Sí, recuerdo, abuelo", dijo avergonzado, pero no dijo que también voluntariamente había escuchado el argumento. "Pero no fue tu culpa", él añadió, tratando de ayudar. "Lo supe desde aquel entonces y lo sé *ahora*. Para decirte la verdad, estoy sorprendido que solamente lo escuché una sola vez".

"Entonces mi peor temor se ha hecho realidad, mi muchacho. Hubiera sido mejor si me hubieras culpado todos estos años".

"¿Qué?"

"¿Mira, has estado culpando a la abuela, o no?"

"Bueno, no, no realmente", Rick dijo sin emoción.

"¿No? Pero pensabas que mi coraje era justificado. Lo acabas de decir".

"Bueno, sí, supongo que es correcto esto. Yo observé la paliza verbal que tomabas diario. Siempre eras tan paciente— por cierto tenías la paciencia de Job. Entonces quien te puede culpar si una vez estallaste. ¿Quién no lo hiciera?"

El abuelo suspiró, y le pareció a Rick que se marchitaba un poco, cómo si el calor del desierto fuera demasiado fuerte. Pero no era eso.

"Te he hecho un terrible perjuicio, muchacho. Cuando piensas en mi y en la abuela ahora piensas en la paciencia", dijo él, sacudiendo la cabeza y pateando una piedra. "¿No sabes cuanto la amé?"

"Pues, claro, *tenías* que, para aguantar todo lo que ella te hacía".

"Oh, querido muchacho, te he lastimado. Oro para que me perdones".

"¿Perdonarte, abuelo? ¿De qué?"

"Por representar tan bien el papel de un mártir que rebajé tu amor por la abuela. Por enseñarte que la 'paciencia' es posible en las dificultades pero que el amor no lo es. Por engañarte sobre el amor y de donde proviene".

"No hiciste ninguna de esas cosas".

"Me temo que sí lo hice, y la razón porque es claro para mí ahora, y también es claro la razón por la que se me asignó esta misión".

"¿Qué misión? ¿De qué hablas?" Pero el abuelo ignoró la pregunta.

"¿Entonces te viste entre los hombres de David, Ricky?"

Rick asintió con la cabeza.

"Si yo hubiera prestado más atención", el abuelo continuó, "quizá también yo hubiera notado a un joven abuelo Carson. Cuando sugero que quizá estabas marchando con David y sus hombres no solamente aquí sino también en el hogar, lo digo porque yo también marché a Carmel en mi vida, mi corazón se ciñó para la guerra, mi alma se llenó de guerra. Y el marchar por ese camino por tanto tiempo como lo hice yo—ambos contra mi hermano y me temo que también contra tu abuela, con un efecto devastador como ahora lo veo—sé a donde te lleva. Créeme, Ricky, no es un lugar adonde quieras ir".

Él tomó una pausa por un momento, "¿Tú ves a Carol como crees que yo miraba a la abuela, no es así?"

Rick titubeó. No sabía exactamente cómo contestar.

"Lo que quiero decir es que viste a la abuela hacerme cosas que no te gustaban. La miraste tratarme mal. Y mi explosión aquella noche en el carro escribió en tu mente mi amor por ella como algo que probablemente demasiado a menudo fue: paciencia de mártir. Crees que veía a la abuela como alguien dura, alguien para quien el amor no era posible y la cortesía exterior era lo único que se podía esperar. ¿Estoy en lo correcto?"

Rick no dijo nada, pero empezaba a hervir por dentro.

"¿Es eso lo que Carol ha llegado a ser para ti?"

La letanía de las fallas de Carol y lo poco amable que era inundaron la mente de Rick. "Quizás no sé lo que era vivir con la abuela", dijo él, "pero estoy pasando por un tiempo muy difícil con Carol. Sí, tienes razón. No es lo que creía que era. Ella hace todo muy difícil. Con todas las cosas consideradas, creo que sería feliz con tener paciencia. Bueno—bueno, no feliz necesariamente, pero satisfecho de haber hecho lo mejor que pude. Pero no estoy seguro que puedo seguir haciéndolo. Me temo que estoy muy lejos de ser el hombre que tú fuiste, abuelo".

"Y yo temo que eres casi exactamente el hombre que yo fui".

"Ricky, escucha", el abuelo continuó. "Yo sé que Carol te ha maltratado. Eso es lo que hacemos uno al otro—todos nosotros—y especialmente a los que viven con nosotros, porque tenemos la oportunidad de maltratarlos más que a ningún otro. Con respecto a tu abuela, a propósito, me das demasiado crédito y a ella muy poco. Quizá tus ojos jóvenes no miraron las formas más sutiles de maltrato en las que yo me especializaba. Jugar golf en lugar de trabajar hace daño también". Él tomó una pausa para dejar que se asentaran sus palabras.

"Ricky, te voy a sugerir algo que probablemente nunca has pensado y que vas a querer resistir, pero te lo voy a decir de cualquier manera porque es la verdad. Aquí está: El ser maltratado es la condición más importante de la mortalidad, porque la eternidad depende en como miramos a aquellos que nos maltratan".

El abuelo Carson tomó una pausa, quizá para enfatizar el punto.

"Y eso, Ricky, es por lo que estamos en el desierto de Paran. David y sus hombres han sido maltratados, como has visto. Van marchando hacia la guerra, sus espadas, así como su coraje, ceñidos a ellos. Tú estás con ellos, porque tú también estás guerreando contra el maltrato. Pero ellos, y tú, van a encontrarse con alguien en la marcha a Carmel—alguien al mandato del Señor que cambia el maltrato para siempre.

"¡Mira!"

5

UNA OFRENDA DE PAZ

La escena cambió otra vez y Rick se encontró en un montón de piedras, el abuelo a su lado. Una senda muy transitada, quince pies más o menos de ancha, ascendía cuesta arriba a una colina a su izquierda. La senda pasaba enfrente de ellos a no más de veinte yardas de distancia. Continuaba cuesta abajo a su derecha por unas trescientas yardas hasta que empezaba ascender nuevamente y finalmente curveaba fuera de su vista atrás de la colina dónde estaban parados. Las cuestas alrededor de ellos estaban cubiertas con plantas de sábila y flores silvestres esparcidas aquí y allá. Ocasionalmente un árbol flacucho se forzaba hacia el cielo.

El aire caluroso estaba quieto, y el sol de la tarde proyectaba su sombra sobre la saliente en la que estaban parados. No había nada que ver, sino el camino ante ellos. Rick echó una mirada inquisitiva a su abuelo, quien nada más asintió con la cabeza y sonrió. Dentro de un minuto más o menos, Rick escuchó un galopeo que venía de lo alto del cerro a su izquierda, y primero miró a un asno, y después otro, y otro, hasta que catorce asnos descendían de la senda, cada uno cargado con bienes y guiados por unos criados. Un poco después de ellos venía otro asno, este cargando a un jinete. Cuando la procesión se acercó, Rick podía ver que el jinete era una mujer, vestida en ropas hermosas, y un velo le cubría la parte baja de la cara. Ella parecía ser una persona importante.

"¿Quién es, abuelo?" preguntó Rick.

"Una mujer extraordinaria", fue su respuesta. "Su nombre es Abigail. Es la esposa de Nabal. Uno de los sirvientes que escuchó del duro tratamiento de Nabal a los hombres de David le reportó a ella lo que había hecho Nabal. Ella rápidamente se puso a juntar todo lo que David y sus hombres habían pedido y más— comida y cosas esenciales que ella podía llevar a David antes que actuara contra Nabal y su casa, como Abigail temía que sucediera. Entre otras cosas, ella llevó pan, vino, ovejas guisadas, maíz, pasas y doscientos panes de higo. Lo cargó todo en asnos, y salió sobre este camino para interceptar a David"[8].

Rick volteó para poder ver a la mujer. *Que maltratada debes ser también,* pensó él, imaginándose su vida de tribulación con Nabal. Con su propio matrimonio difícil que amargaba su alma, él sintió un inmediato parentesco con ella.

Justo cuando ella pasaba junto a él, la procesión se detuvo. Los sirvientes observaban el camino a la derecha de Rick, reportando sus observaciones a Abigail. Estirando el cuello para ver mejor, Rick podía ver un ejército aproximarse alrededor de la curva. Eran David y sus hombres.

Y cuando Abigail vio a David, se bajó prontamente del asno, y postrándose delante de David, se inclinó a la tierra[9].

David, en su esplendor polvoriento, continuó a acercarse,

sus hombres marchando detrás de él. Sus espadas destellaban en el sol, dejando una nube de tierra detrás de ellos. Rick se estiraba para buscarse entre la multitud, pero no se podía encontrar. El ejército siguió por el camino hasta que estuvieron quince yardas de distancia de la mujer. David levantó su brazo derecho y paró a su tropa. Entonces él caminó hacia ella y se paró enfrente de ella.

Sin mirar hacia arriba, ella avanzó lentamente y se postró a sus pies.

"Señor mío, sobre mí sea el pecado"[10], ella le suplicó.

"¿Sobre ti sea *cual* peca*do*, mujer?" El tono de David era agresivo.

"Por favor, mi señor, yo no vi a los jóvenes que tú enviaste a Nabal, mi esposo. Pero mira, yo te he proporcionado. Por favor acepta mi ofrenda, para que no tengas motivo de pena ni remordimiento"[11].

David inspeccionó los asnos y sus cargas antes de volverse a Abigail. "¿Tomas los pecados del insensato en tu propia cabeza?" preguntó David. "¿Tú conoces la injusticia y nos ves que venimos a defenderla, y ahora ruegas por misericordia para tu casa?"

"Te ruego por mi casa, sí, pero también por ti, mi señor, que esta no sea una ofensa de corazón para ti, que no derrames sangre sin causa, ni que tomes venganza por tu propia mano. Jehová de cierto hará casa estable a mi señor por cuanto mi señor pelea las batallas de Jehová, y mal no sea hallado en ti en tus días. Y para que sea siempre así, mi señor, te ruego que perdones a tu sierva esta ofensa"[12].

David se quedó inmóvil, como si estuviera meditando un pensamiento lejano que solamente se podía dar acceso por medio de reflexión. Él miró deliberadamente a las provisiones, pensando, y una vez más miró a Abigail. Lentamente liberó la empuñadura de su espada y dejó caer su mano. Ella aún sin levantar la mirada, pero él la miraba tiernamente, su rostro suave. "¿Mujer, cual es tu nombre?" Su tono de voz ahora estaba amable.

"Abigail, mi señor".

"Levántate, querida Abigail".

Ella se levantó, mirando hacia arriba a David.

"¿Quién soy yo para negar el perdón de alguien cómo tú?" dijo él. "Bendito sea Jehová Dios de Israel que te envió para que hoy me encontrases y me ha prevenido de golpearte. Y bendito sea tu razonamiento, y bendita seas tú, querida Abigail, que me has estorbado hoy de ir a derramar sangre, y a vengarme por mi propia mano. Porque vive Jehová Dios de Israel que me ha defendido de hacerte mal, que si no te hubieras dado prisa en venir a mi encuentro, de aquí a mañana no le hubiera quedado con vida a Nabal ni un varón[13].

"Acepto tu ofrenda", él continuó. Y entonces, a los hombres detrás de él, él gritó, "Eliu, Sidra, Gabriel, José, vengan, junten la ofrenda de la sierva del Señor".

Cuatro hombres apresuraron sus pasos y empezaron a transferir los bienes de los asnos.

Abigail se postró ante los pies de David nuevamente. "Gracias, mi Señor. Bendito seas tú y tu casa".

David le tendió la mano y la levantó. "Sube en paz a *tu* casa, querida mujer, y mira que he oído tu voz y te he tenido respeto. Me has salvado de derramar sangre este día, lo cual nunca olvidaré"[14].

Abigail inclinó la cabeza ante él y después empezó a

marcharse. Al hacerlo, su mirada se encontró con la de Rick—sorprendiéndolo, porque pareció hasta ese momento que nadie se había dado cuenta de su presencia. Sus gentiles ojos color café brillaban con el sol a través del velo que cubría su boca. Sus ojos lo abrazaron más que ningunos brazos lo hubieran hecho—llamándolo, invitándolo y atrayéndolo. Tan amablemente, parecían vitrinas a un pozo profundo de conocimiento, y cuando ella le miró, Rick sintió tanto dentro de sus ojos que afuera.

Instantáneamente él sintió como si hubieran tenido una conversación, o una entrevista, o en realidad, una reunión. Él percibió que ella lo conocía—no solamente lo que se sobrentiende al observarlo—pero más bien *todo* él—su pasado, su presente, su futuro, sus pensamientos, sus sentimientos y sus temores. Y además, él sentía que le atesoraba, a pesar de todo lo que ella sabía. Por la mirada de sus ojos, Rick podía ver que se sonreía con él. Después de unos segundos, ella gentilmente asintió con la cabeza, se volteó y continuó su camino.

Rick, junto con David, se quedó paralizado, mirando como se desaparecía entre la colina.

6

LA EXPIACIÓN

El hechizo, si es eso lo que fue, se rompió cuando Abigail desapareció. Desconcertado un poco debido a la experiencia, pero aún deleitándose con la calidez que sintió bajo la mirada de ella, Rick volteó a ver a David. Al hacerlo, captó una vislumbración de él mismo, justo arriba del hombro izquierdo de David, como a cuatro filas atrás entre los hombres de David. Rick podía darse cuenta al mirarse y mirar a los otros hombres que no estaban complacidos con lo que había pasado. Sus caras demostraban disgusto y frustración de tener que regresarse. Era evidente que Abigail no los había tocado como lo hizo con David.

El mismo David era una imagen de paz y calma, su faz se purgó del coraje que le había ensombrecido desde el reporte del rechazo de Nabal. Siendo un hombre relacionado con la guerra y con la mentalidad de emprender una guerra, él demostró entendimiento al mezclarse entre sus hombres, hablándoles y calmando sus espíritus. Rick aun creó ver el brazo de David alrededor de su gemelo al irse tranquilamente. Rick podía ver por qué los hombres seguían a David: Él era uno de ellos, que los hacía razonar con él, pero también era más que ellos, por lo cual era más fácil para ellos buscar su ayuda.

"Increíble", Rick exclamó a nadie en particular, al dar la vuelta a la ladera el último hombre en rumbo a Paran.

"Seguro", su abuelo asintió con la cabeza. "¿Pero por qué? ¿Qué es lo que te parece increíble en esta experiencia?"

"Bueno, ¿no lo viste?" Rick preguntó exuberantemente, moviéndose rápidamente para enfrentar a su abuelo.

"Sí, lo miré. Lo que quiero saber es si tú lo viste".

Rick lo miró desconcertado.

"Dime que es lo que viste, Ricky".

"Un fin milagroso a una guerra que nunca empezó". Él contestó directamente, volviéndose otra vez a Paran.

"Oh, pero sí había empezado, Ricky, no te equivoques. La guerra comenzó cuando David y sus hombres empezaron a buscar venganza en sus corazones. El balanceo de espadas era nada más una formalidad".

"Bueno, sí, yo entiendo eso. Lo que quiero decir es—" pero repentinamente no pudo encontrar palabras que decir. Él había sido chocado por las acciones de Abigail, paralizado por sus ojos, y había sentido algo poderoso en su alma, pero ahora al tratar de articular el significado de lo que había sido testigo, se dio cuenta que se había equivocado, porque la convicción que había sentido no era el entendimiento. *¿Qué es exactamente lo que había pasado?* Ya no estaba totalmente seguro. *¡Pero había algo acerca de Abigail!*

"Lo que quiero decir es", él continuó, "Abigail trajo paz aquí.

Ella cambió a David; lo pude ver en sus ojos. Y algo sobre los ojos de ella también—"

"¿Qué de ellos?"

"No sé". Ella me miró, y sentí algo maravilloso. "Yo sentí como si me conociera, quiero decir como si realmente me conociera—mis antecedentes, mi situación, mis luchas, mis esperanzas, todo. Y es gracioso decir, pero de una manera sus ojos me dijeron que me amaba, a pesar de todo".

El abuelo Carson miró hacia la cima de la montaña en donde habían visto a Abigail por última vez. "¿Sabes quien era ella, Ricky?"

"Sí, tú mismo me dijiste. Era la esposa de Nabal".

Sí, ¿y quien más?"

"¿Quién más?" Rick repitió, sorprendido.

"Sí".

Rick meditó la pregunta mientras el abuelo bajaba con dificultad por la orilla de la montaña, hacia la vereda. Rick lo siguió y juntos miraron al norte hacia donde Abigail había desaparecido.

"Déjame compartir algo contigo, Ricky. Camina conmigo". Empezó a caminar hacia Carmel, y Rick detrás de él.

"Tres días después de la muerte de Jesucristo", él comenzó, "dos creyentes caminaron hacia Emaús, tal como nosotros caminamos ahora, tratando de encontrar sentido del tan repentino y trágico fin a sus esperanzas y sueños. Jesús, su confidente, el Redentor de Israel, estaba muerto, y su cuerpo no estaba. Querían creer el testimonio de las mujeres que dijeron que 'habían visto una visión de ángeles que dijeron que estaba vivo'[15], pero parecían luchar con ese pensamiento. En sus propias palabras, estaban 'asombrados' con la historia.

"Estaban confundidos y preocupados, Ricky, como te puedes imaginar. Los acontecimientos habían fracasado en desarrollarse como ellos suponían que debían haberse llevado a cabo. '¿Cómo podía el redentor de Israel morir antes que Israel fuera redimido?' se preguntaban en voz alta. Su fe sacudida, ellos luchaban en encontrar significado en la tragedia que parecía quitar todo significado a sus vidas[16]. Quizá ningún camino parecía más largo que el que iban a caminar ese día.

"Pero como cada camino largo que caminamos, estos hombres no caminaban solos. El Redentor que habían esperado no solamente vivía, mas caminaba a un lado de ellos. Y él les dijo, '¿Qué platicas son estas que tenéis entre vosotros mientras camináis, y por qué estáis tristes?'[17] Después de escuchar su respuesta, el Señor hizo esta observación clave: '¡Oh, insensatos y tardos de corazón para creer todo lo que los profetas han dicho!' Y comenzando desde Moisés y siguiendo por todos los profetas, les declaraba en todas las Escrituras 'lo que de él decían'[18].

"En otras palabras, Ricky, si los discípulos hubieran entendido las Escrituras, no se hubieran sorprendido por los acontecimientos que les preocupaban. Todas las Escrituras testificaban sobre la vida del Salvador, su sufrimiento y muerte; simplemente no habían visto cómo antes.

"Tampoco estaban solos en esto. Los restantes apóstoles también luchaban con los mismos temas al juntarse en un cuarto. El Cristo resucitado se les apareció a ellos también y dijo, 'Paz a vosotros'[19]. Pero ellos estaban aterrorizados, pensando que era un espíritu. Y él entonces les dijo, 'Estas son las palabras que os hablé, estando aún con vosotros: que era necesario que se cumpliese todo lo que está escrito de mí en la ley de Moisés, en los profetas y en los salmos'[20]. Entonces, Ricky, él les abrió el entendimiento[21] así como había abierto el entendimiento de los discípulos en el camino a Emaús. Él les enseñó todo sobre como su vida y muerte estaba revelada en detalle en las Escrituras en un nivel que sobreviviría la perdida de cosas simples y preciosas—no solamente por medio de profecía directa pero también indirectamente por medio de diferentes tipos, sombras, metáforas y alegorías. El profeta Nefi, en el Libro de Mormón, lo expresó muy bien cuando dijo, 'Todas las cosas que han sido dadas por Dios al hombre, desde el principio del mundo, son símbolo de él'[22].

"Entonces, Ricky", dijo él, al pararse y enfrentarlo, "¿qué sugiere esto sobre la historia de Abigail?"

"Estás diciendo que ella es un tipo de Cristo".

"Estoy diciendo que vale la pena meditar para ver si es. Después de todo, el mismo David dijo que vino bajo la dirección del Señor y en nombre de él".

"Te invitaría considerar lo que has visto hoy en Abigail", él continuó. "Tal vez descubras cosas en ella que te recuerden al Señor. De hecho, si ella resulta ser un tipo de Cristo, su historia puede iluminar y aclarar cosas sobre el Salvador que nunca antes pensaste—cosas hermosas, implicaciones limpiadoras, verdades salvadoras. Esto es lo que esta historia ha hecho por mí. Ella ha iluminado para mi un aspecto de la expiación que ha bendecido mi vida desde ese entonces. Yo creo que puede bendecir tu vida también. Es por eso que hemos venido".

La experiencia de Rick con Abigail ya había llamado su atención, pero este comentario lo hizo pensar también. "Bueno", él empezó deliberadamente, "entonces tú quieres que empiece a pensar en Abigail y Cristo—mejor dicho, como Abigail dirige a, o es un tipo de Cristo".

Rick pensó ver un ligero movimiento de cabeza, lo que tomó como un asentir de cabeza, entonces él continuó. "Bueno, a ver". Su mente volvió a lo que había presenciado. "Sí, creo ver lo que quieres decir. Abigail trajo a David todo lo que necesitaba—pan, vino, ovejas, guisadas, etcétera—lo mismo que Jesucristo hace por nosotros, que él mismo es el pan de vida, el verdadero vino y el cordero de Dios".

"Sí, Ricky. Bien. Ese es una excelente comprensión".

"Entonces en ese aspecto, Abigail es un 'tipo' de Cristo", Rick continuó, sintiéndose cómodo con su descubrimiento. "Ya lo puedo entender".

"Bueno. ¿Pero entiendes por qué importa?"

"¿Qué quieres decir?"

"Es una cosa darse cuenta que puede ser un tipo de Salvador y otra muy diferente entender su propósito y significado. Abigail dio todo lo que David había pedido y más—¿y qué? ¿Cuál es la relevancia práctica? ¿Cuál es el propósito?"

"¿Tiene que tener otro propósito?" Rick preguntó, todavía con confianza. "Quiero decir, aquí tenemos una historia en la cual la figura central pacificadora actúa en similitud al Salvador. Eso me da la impresión que es muy significativa".

"Sí, Ricky, pero si estás dispuesto a conformarte con esa intuición intelectual, entonces no entendiste nada de lo que Abigail tiene que ofrecer. Tienes que pedir más de la historia que eso. Tienes que profundizarte, repetirlo, meditarlo y saborearlo. Si la historia te revela algo sobre la pacificación, como dices tú que lo hace, pero tú mismo no has podido acercarte a la paz por media de esta historia, o a la mejor es una historia insignificante o no la has penetrado profundamente—o permitido que te penetre. No seas tan rápido en entender".

"Está bien", dijo Rick pensativamente. "¿Entonces que es lo que no entiendo?"

"¿Estás dispuesto a buscarlo?"

"Sí".

"Entonces escudriña".

"¿Qué?"

"Lo que ya has visto. La historia es rica, Ricky. Aquí David estaba armado para la batalla, resuelto a destruir una propiedad y familia entera y un momento después él deseó paz para la familia y despidió a la matriarca de la familia y sus sirvientes con su bendición. ¿Cómo pasó esto, y que significa para nosotros? Escarba la historia, Ricky. Como dije antes, repítela en tu mente, medítala y saboréala. Ponte en ella, lo cual sería sin duda interesante en este caso porque parece ser que ¡ya *estás* en ella! ¿Qué dijo Abigail? ¿Qué hizo ella? ¿Qué cambió o no cambió en David? ¿Qué cambió o no cambió en sus hombres? No solamente mires, Ricky, escudriña y *aprende*".

"Bueno", dijo Rick, empezando a sentirse un poco perturbado. "Como dije, la primera cosa que Abigail hizo fue traer a David las provisiones que Nabal había negado. Y quieres que me meta en eso y entienda su relevancia".

"Sí, creo que eso te ayudaría".

¿Entonces por qué no me dices lo que quieres que diga? el pensó. *No me hagas adivinar tus pensamientos.*

"No estoy interesado en que adivines mis pensamientos, Ricky. Estoy interesado en que tú los descubras".

Rick estaba estupefacto. "¿Puedes leer mis pensamientos?"

"Algunas veces. Cuando es muy importante".

"¿Y es muy importante?"

"Tan importante como puede ser".

Esto puso sobrio a Rick inmediatamente, y empezó a trabajar nuevamente en la pregunta del abuelo mientras caminaban.

"Quizá una analogía te ayudara", dijo el abuelo, rescatándolos a ambos del silencio. "Recuerdo como amabas el béisbol, Ricky. De hecho, todavía recuerdo cuando asistiá a tus juegos. Eras un buen jugador".

Rick se sonrió por el cumplido.

"Nos divertimos tanto en esos juegos, tu familia y yo", añadió el abuelo. "¿Recuerdas el juego estatal de campeonato en tu último año de preparatoria?"

¿Cómo se le podía olvidar? Su equipo iba ganando por una carrera en la parte baja de la segunda entrada. Los corredores estaban en la segunda y tercera base con dos strikes cuando Rick cometió un error que casi les costó el juego. En una pelota de rutina que venía hacia él que debía haber sido el último out, él aventó la pelota por encima del hombre en primera base y los corredores anotaron puntos. Si no hubiera sido por los dos milagrosos jonrones en la parte baja por su compañero Jasón Taylor, hasta este día Rick hubiera sido el becerro de su pueblo. Con el paso del tiempo, la mayoría de las personas habían olvidado su error.

"Sí, recuerdo".

"Te apuesto que empezaste a ofrecer poderosas oraciones después de ese error—allá en el campo y en la caseta en la parte baja de la segunda entrada. ¿Estoy en lo correcto?"

Rick recordó ambos la vergüenza y sus esperanzas por un milagroso peloteo. Al principio no podía sentir nada más que la vergüenza, pero al finalizar la última entrada con su equipo perdiendo y la gente ansiosa, Rick recordó esperando más que nunca que un compañero de equipo hiciera algo para tapar su error y ganar el juego. "Es verdad. Cuando Jasón metió el jonrón, fue el sentimiento más dulce. Probablemente más dulce para mí porque me salvó de—no solamente de perder el juego pero también de un fracaso personal y público. Para decirte la verdad, me sentí redimido".

"Es por eso que escogí esta historia, Ricky. Es en la redención en la que estoy interesado, y esta historia, combinada con la de Abigail, ilumina la expiación que hace posible la redención".

"¿Cómo?"

"Bueno, tú dices que tu error puso a tu equipo en un hoyo—no solamente a ti, pero en realidad a tus compañeros también y a tus admiradores. Tu error resultaría en una pérdida enardecedora para el equipo a menos que alguien hiciera algo para salvarlo".

"Sí, creo que es correcto, aunque preferiría si lo disminuyeras un poco la parte del sufrimiento", Rick le dijo, bromeando, pero a la vez serio.

El abuelo Carson sonrió. "Ahora piensa sobre la situación de Abigail—"

"Ya la entendí", Rick exclamó. "Estás diciendo que Nabal y yo hicimos las cosas más difíciles para otros y que alguien más tuvo que hacer algo por nosotros, y que de esta manera nuestras historias son similares".

"Sí, ambos tú y Nabal aumentaron las cargas y tribulaciones de otros, y en ambos casos, alguien expió por los errores de otro—Jasón en tu caso, y Abigail en lo de Nabal".

"Bien, entiendo eso".

"¿Realmente entiendes?"

"Sí, creo que sí", Rick contestó con confianza.

"Entonces dime que revela esto sobre la expiación".

"Bueno, ilustra como Cristo pagó por nuestros pecados—eso es lo que es la expiación".

"¿Entonces dime, Ricky, por cuales pecados expió Abigail?"

"Por los de Nabal, por supuesto".

"¿Es eso lo que la historia revela? ¿Es Nabal él que es redimido en la historia de Abigail?"

La pregunta lo dejo perplejo y tuvo que reflexionar en ella. De alguna manera, la historia claramente era sobre la expiación de los pecados de Nabal—*¿verdad?* Pero en realidad Abigail vino a David, no a Nabal, entonces quizá la expiación era para David. *Espera un momento, eso no es correcto,* Rick replicó. *Abigail vino a David para salvar a Nabal. Nabal fue él que fue salvado, porque si no hubiera sido por la expiación de Abigail, David lo hubiera exterminado.*

"Sí, definitivamente fue Nabal quién fue salvo en esta historia".

El abuelo Carson se miraba poco convencido. "Vamos a pensar más detenidamente", dijo él. "Sí la expiación es para la redención de los pecados para salvar al pecador, para poder entender quién es redimido en esta historia, quizá tenemos que entender la identidad del pecador".

"Eso es fácil: Nabal. Nabal es el pecador y David es al que se le cometió el pecado, el agraviado, la víctima".

"¿Estás seguro de eso?" preguntó el abuelo. "Yo prefiero pensar que esta historia es fundamentalmente sobre los pecados y redención de David, no de Nabal".

"¿El pecado de David? ¿Por qué no el de Nabal? ¿Qué hizo David?"

El abuelo Carson miró largamente a Rick. "¿Recuerdas cuando te hablé sobre el tío José?"

"Sí".

"¿Y recuerdas como insistías que yo no había hecho nada mal, que José era el del problema—el 'pecador', en un sentido?"

"Por supuesto. Y todavía pienso eso. Aunque creo que sí tuviste una parte en ese silencio de catorce años", dijo él.

"Pero tú solamente piensas en nuestros actos, Ricky. ¿Qué de nuestros corazones? Recuerdas a los fariseos—ellos de los actos perfectos. Sus corazones estaban corruptos y el Salvador los marcó como los pecadores más asquerosos, a pesar de sus actos de rectitud en la superficie. Pecamos cuando nuestros corazones son pecaminosos, no importa que hagamos en la superficie. La ley y los profetas se sostienen en los dos grandes mandamientos de amar a Dios y al prójimo porque si nuestros corazones fracasan de amar, ni la ley ni los profetas, ni ninguna otra cosa, incluyendo 'la rectitud' en la superficie, nos puede salvar.

"Entonces, ¿qué hizo David? tú preguntas. ¿Cuál fue su pecado? Él tenía un corazón pecaminoso, mi muchacho, un corazón que ardía con envidia y rabia, un corazón que se había separado del espíritu. A menos que y hasta que él fuera redimido de esa pecaminosidad, él nunca probaría la vida eterna".

"Bueno, pero, ¿qué pasa con Nabal?" Rick dejó escapar, pensando en Carol cuando lo dijo. "¿No tenía él la misma clase de corazón?"

"Sí, ciertamente parece que sí, Ricky", el abuelo Carson respondió, evaluando a Rick por un momento. "Entonces la historia de Abigail no es solamente la de un solo pecador,

¿verdad?" Es mejor dicho la historia de David respondiendo pecaminosamente al pecado de otra persona".

Esto satisfació a Rick por un momento.

"Tú has aprendido desde que eras joven que la expiación es para el pecador", continuó el abuelo, "y eso es ciertamente verdad, pero solamente es parte de la historia, y la segunda parte no es entendida completamente. La historia de Abigail sugiere que la expiación es de igual beneficio para el que se le comete un pecado—la víctima del pecado—como para el pecador. Pero la historia va más allá. También sugiere que uno de los efectos del pecado es que invita a aquellos a los que se les ha cometido un pecado contra ellos—David en este caso—a que lleguen ser pecadores ellos mismos, y que la expiación provee el escape de tal provocación de pecar. Esta es la historia de David aquí. ¡Lo que Abigail proveyó para David fue un camino para escapar de su pecado de pecar contra un pecador!" El abuelo Carson tomó una pausa por un momento para dar tiempo para que esos pensamientos se disiparan.

"Cuando Abigail se arrodilló ante David con todo lo que él necesitaba", continuó él, "su propósito era redimir a David de *su* pecado. Quizá después ella se arrodillaría ante Nabal y le ofrecería una redención similar". Después de una breve pausa, él continuó. "Ahora cuando—"

"Espera, abuelo", interrumpió Rick. "Quiero asegurarme que entiendo lo que dices. Dímelo otra vez—lo que has estado explicándome".

"Por supuesto. Lo que dije fue que cuando la gente piensa en la expiación, casi siempre piensan de cómo el Salvador llenó los huecos de sus *propios* pecados, lo que en verdad hizo. O sea, todos somos pecadores, y alguien tuvo que sobrellevar por cada uno de nosotros el abismo imposible entre nosotros y la vida eterna que hemos creado por medio del pecado. Normalmente pensamos en la expiación como algo que Cristo ha hecho por *nosotros*—por *nosotros mismos*. Pero Abigail nos invita a mirar la expiación de un ángulo diferente—no por la perspectiva de cómo Cristo ha expiado por *nuestros* propios pecados, pero mejor dicho, de la perspectiva igualmente verdadera que él ha expiado por los pecados de *otros*. Y parte de esa expiación, Abigail sugiere, es la idea que el Señor ofrece a aquellos que han sido dañados o potencialmente dañados por los pecados de otros la ayuda y el sustento que necesitan para llegar a ser íntegros otra vez. Aquellos que están privados del amor pueden recibir *su* amor. Los que están sin compañero pueden encontrar un compañero en *él*. Aquellos con una cruz que cargar pueden encontrar a otro que la cargue y haga la carga menos pesada. Con sus cargas levantadas de esta manera, a los que se les comete el pecado en contra de ellos, son salvados de la provocación de pecar y por consiguiente redimidos de sus *propios* pecados".

El abuelo Carson tomó una pausa. "¿Tiene sentido esto para ti, Ricky?"

En verdad, Rick estaba luchando. Él entendía las ideas en su mente, pero su corazón se estaba quedando atrás, peleando contra las implicaciones. Era cómodo y claro comparar a Carol con el pecador Nabal, por ejemplo, y él mismo a un David recto. Ahora podía empezar a pensar en David como pecador, pero no podía dejar de pensar que Nabal era peor y que de alguna manera eso importaba. Él no era perfecto, él estaba dispuesto a admitir eso, pero Carol era aun peor. Y dado eso, él no podía ver como podía ser esperado que él fuera mejor de lo que ya era.

Tampoco había sentido mucho, si es que algo, de la ayuda expiatoria de la que el abuelo hablaba, y le parecía a él que si alguien la merecía era él. "Veo tu lógica, abuelo", Rick dijo después de un momento. "Pero todavía estoy tratando de entenderlo. No estoy enteramente seguro de lo que significa todavía, en términos prácticos".

A eso, Rick tomó una pausa para poder poner en orden sus pensamientos. Pero se resistía. "¿Crees realmente lo que me estás diciendo, abuelo?" preguntó finalmente. "Quiero decir, ¿realmente? ¿Crees que el Señor ofrece la clase de ayuda de la que hablas a aquellos que han sido lastimados? ¿Te la ha dado a ti?"

El abuelo se paró por un momento. "¿Recuerdas a José de Egipto, Ricky? ¿Te has maravillado en como él pudo recibir a sus hermanos tan graciosamente después de lo que le habían hecho?[23] ¿O Daniel, Mesac, Sadrac y Abed-nego, que fueron fortalecidos por el Señor durante sus sufrimientos a las manos de otros?[24] ¿O la gente de Alma en el Libro de Mormón cuyas cargas pesadas a manos de los lamanitas fueron hechas ligeras para que 'no podáis sentirlas sobre vuestras espaldas'?[25] ¿O David, aquí, cuyas propias tribulaciones por los pecados de otros fueron redimidos y olvidados, y que como resultado pudo amar a Saúl todos sus días aunque Saúl nunca paró de tratar de matarlo?[26] Sí lo creo, Ricky, y he sentido su ayuda muchas veces yo mismo. El Señor empaca para cada uno de nosotros, como si fuera, el pan de vida, agua, ovejas, maíz, pasas e higos, y viene a nosotros con esa ofrenda invitándonos a aceptar su expiación por los pecados de otros. Y cuando lo hacemos, como lo hicieron David, Alma, José, Daniel, Mesac, Sadrac y Abed-nego, nos encontramos bendecidos con todo lo necesario y somos lavados del pecado.

"Entonces sí, Ricky, sí lo creo. De hecho, mi conocimiento es seguro concerniente a esto. ¿Mi pregunta es si *tú* lo crees?"

7

EL PERDÓN

El abuelo Carson miró solemnemente a Rick antes de resumir su caminata. Esta vez Rick fue más lento en acompañarlo, pero estaba a su lado después de un minuto más o menos.

"Quiero creer, abuelo, realmente quiero. Pero déjame decirte con que estoy luchando. Si lo que tú dices es verdad, entonces me supongo que el Señor me fortalecería en mi lucha con Carol. La expiación de él por los pecados de ella incluirían el compensar por las cargas que esos pecados están poniendo sobre mí, o por lo menos incluirían la bendición de hacer esas cargas más ligeras. Eso es lo que estás diciendo, ¿verdad?"

El abuelo no respondió.

"Pero esa no ha sido mi experiencia", continuó Rick. "Yo no siento la ayuda que dices que el Señor ofrece. De hecho, nunca me he sentido tan solo y con tantas privaciones en mi vida—justamente cuando la necesito más. Al contrario, las cargas que siento solamente se hacen más pesadas. Entonces si el Señor está ante mí, como Abigail, ofreciéndose a proveer lo que necesito, él de verdad está muy callado. No escucho nada".

Las palabras sorprendieron a Rick cuando se escuchó decirlas. Él había escuchado esa amargura de otros labios, y siempre le habían dado lástima los que siempre se quejan, por su falta de fe. Ese pensamiento lo hizo sentirse sin esperanza.

Su abuelo continuó caminando en silencio. Ellos habían pasado justo por la cima del cerro inicial y habían llegado a lo alto de otro cerro no muy lejano. Cuando la tierra empezaba a nivelarse, una cantidad de cerros se levantaban ante ellos. El camino en el que caminaban serpenteaba entre y subía los cerros antes de desaparecer unas millas en la distancia. El abuelo Carson se paró y volteó a observar la vereda que habían escalado.

"Ricky, permíteme preguntarte algo. Tú viste a Abigail y los efectos que tuvo en David".

"Sí", contestó Rick pensativamente.

"¿Supones que su ofrenda tuvo el mismo efecto para los hombres de David que para él?"

Rick recordó la frustración de los hombres de David de la que fue testigo—incluyendo a su gemelo—cuando David les informó que regresaban sin pelear. David tuvo que convencerlos y consolarlos para poder calmar sus espíritus.

"No", contestó Rick. "La mayoría de los hombres no estaban muy contentos".

"Así es. Y aunque Abigail se había postrado ante ellos, igual que lo hizo ante David, no estaban contentos. Ellos nunca reconocieron su ofrenda por lo que realmente fue. De alguna forma, nunca la miraron, aunque estaba enfrente de ellos".

"¿Es eso lo que crees que estoy haciendo?" preguntó Rick. "¿Estás diciendo que el Señor está en frente de mí, como Abigail estaba en frente de esos hombres, pero yo, como ellos, no lo puedo ver?"

"Bueno, Ricky, tú estabas en el grupo de hombres. ¿Lo viste?"

Rick sintió como si hubiera recibido un puñetazo en el estómago. El comentario lo sorprendió, como si hubiera sido la víctima de un inesperado y devastador jaque mate. Se quedó quieto, tratando de comprender las implicaciones de los comentarios del abuelo. *Yo estaba en el grupo, como dijo él, pensó él. Y tiene razón; Abigail no me llegó. No la reconocí por lo que era. ¿Por qué, Señor?* finalmente gritó. *¿Si estás ahí, Señor, por qué no te puedo escuchar? ¿Qué he hecho para que me dieras la espalda?*

"Él nunca da la espalda, Ricky". Su abuelo le leía los pensamientos una vez más. "Y no es tanto lo que has hecho como lo que no has hecho".

"Entonces, ¿qué es lo que *no* he hecho?"

"La respuesta que buscas es revelada en lo que has visto hoy. Aunque el Señor está delante de nosotros ofreciéndonos la ayuda que necesitamos, hay una condición que debemos hacer en orden de *ver* y recibir su ofrenda expiatoria. David reconoció esa condición; muchos de sus hombres—incluyéndote a ti—no la reconocieron. Si quieres que la expiación del Señor trabaje para ti, Ricky, debes reconocer esta condición por ti mismo".

"Entonces, ¿cual es?" imploró Rick.

"Algo que debes descubrir por ti mismo".

Al decir eso, el abuelo Carson volteó en dirección hacia Carmel y continuó caminando.

Rick caminó en silencio a su lado. *Una condición en la historia de Abigail*, se repetía a sí mismo al caminar. *Algo que se debe alcanzar para poder reconocer y aceptar su oferta.* Rick no entendía nada. *¿Qué condición reconoció David que sus hombres no reconocieron?* Abigail no le puso condiciones a nadie en la historia que Rick podía ver. Ella simplemente hizo la ofrenda. La única condición fue si David y sus hombres la aceptasen. *Pero no era eso de lo que el abuelo hablaba,* él pensó. *Hay algo en el principio de la historia que es la clave para determinar si la aceptarían o no.*

"No puedo pensar en nada", Rick finalmente dijo en frustración. "No veo ninguna condición en la historia además que la pregunta de que si aquellos por los que Abigail se postró la aceptarían".

"Piensa más detenidamente, Rick. Piensa en lo que Abigail *hizo* en la historia. Hizo más que ofrecer una carga de provisiones. Ella hizo por lo menos dos cosas que son críticas y extraordinarias—dos cosas adicionales que son un ejemplo y características de lo que Cristo hizo. Cuando descubras esos dos actos, también descubrirás la condición en la cual se basa la expiación de Abigail y la del Salvador".

Otras dos cosas que Abigail hizo. Rick empezó a pensar en el problema como algunas veces lo hacía con los crucigramas del periódico *New York Times. Volvamos hacer una repetición de lo que ella hizo,* pensó él. *Ella bajó el cerro, sus sirvientes y las provisiones delante de ella. Bueno, y después se bajó del asno cuando vio a David y sus hombres y se dio prisa y se postró ante ellos. Bueno, estas son dos cosas que ella hizo, ¿pero son importantes? ¿Revelan estas la condición de la que habla el abuelo? ¿Señalan a Cristo? No lo puedo ver. Entonces David se le acercó y ella se postró a sus pies. ¿Y entonces que pasó? A ver—ella le dijo algo. Sí, ella dijo algo como 'Sobre mí sea el pecado'. ¡Eso es! Ella tomó el pecado de Nabal en su propia cabeza, y por ese acto ella se asemeja a Cristo.*

"Abuelo, ella tomó el pecado de Nabal en su propia cabeza".

El abuelo Carson se sonrió y se paró. "Sí, Ricky, eso está correcto. Ella imploró a David, 'Sobre mí sea el pecado'[27]. Bien hecho. ¿Pero sabes lo que significa?"

"Claro, era su manera de implorar a David de que perdonara a Nabal y que dejara ir su coraje".

"Parece ser así, ¿verdad?"

"Sí, parece. ¿Estás diciendo que eso está *equivocado*?" Rick no podía entender por qué estaba equivocado.

El abuelo Carson sonrió ligeramente y siguió su camino otra vez.

"¿Está eso equivocado, abuelo?" preguntó Rick nuevamente al volver al lado del abuelo. "Si es así, *¿cómo?* Quiero ver".

"Hay una cosa final que Abigail hizo a semejanza de Cristo que contestará tu pregunta—un final y asombroso acto que ilumina lo que es tomar los pecados de otros sobre nosotros mismos. Míralo así y descubrirás el entendimiento que buscas".

¿Qué más hizo Abigail que se compara a Cristo? Ahora Rick escudriñaba seriamente. *Ella le suplicó que no hiciera lo que estaba a punto de hacer. Quizá eso es,* él pensó. *Me puedo imaginar que Cristo nos suplica de esa misma forma. Sí, eso es precisamente lo que el Espíritu hace siempre—nos invita hacer ciertas cosas y nos suplica que evitemos otras. ¿Pero es eso una cosa asombrosa, como dijo el abuelo? ¿Ilumina eso el significado de tomar los pecados sobre nuestra propia cabeza?* Rick no entendía cómo. *Quizá no entiendo algo más,* pensó él. *¿Qué más hizo ella?*

"Abuelo, no entiendo nada—por lo menos nada más que lo que ya hemos hablado. A menos que te refieras a la manera en que Abigail suplicó a David para que no hiciera lo que estaba a punto de hacer".

"Eso es una parte, Ricky. Pero hubo algo que ella hizo, o mejor, dijo, que hizo que su suplica fuera eficaz".

Algo que ella dijo. ¿Qué más dijo ella? Rick trató de recordar todo lo que había escuchado pero nada le llamaba la atención—ciertamente nada "asombroso", como su abuelo había descrito el acto final.

El abuelo Carson paró de caminar y volteó hacia Rick, quien no podía dejar de admirar en qué tan buena condición el abuelo se encontraba. Ni siquiera sudaba, mientras que Rick empezaba a sentir fuertemente el calor. "Estás pensando mucho sobre esto, Ricky, y estoy agradecido por eso. Mereces otra mirada".

Con esto, la mente de Rick volvió al pasado. Estaba nuevamente parado en la roca que daba vista hacia la vereda. Abigail postraba ante David.

"Sobre mí, mi señor, sobre mí sea el pecado".

"¿Sobre ti sea cuál *pecado, mujer?"*

"Por favor, mi señor, yo ni miré a los jóvenes que enviaste a Nabal, mi esposo. Pero ve, he proveído. Por favor acepta mi ofrenda; no tengas motivo de pena".

"¿Tomas los pecados de un insensato sobre ti? Conoces la injusticia y nos ves venir para pelearla, ¿y ahora imploras misericordia para tu casa?"

"Sí, ruego por mi casa, pero también por ti, mi señor, que esto no sea una ofensa para ti, ni que derrames sangre, ni te vengues por tu propia mano. Pues de cierto Jehová hará casa estable a mi señor, por cuanto mi señor pelea las batallas de Jehová, y mal no sea hallado en ti en tus días. Y yo te ruego que perdones a tu sierva esta ofensa"[28].

"¡Perdona a la sierva esta ofensa!"[29] Las palabras captaron la atención de Rick".

"¡Abuelo!" exclamó Rick, la vereda y el abuelo reconstruyéndose ante los ojos de Rick al decirlo. "Ella dijo, 'Perdona la ofensa de tu sierva'. Es eso de lo que has estado hablando, ¿verdad? Ese es el asombroso acto al que te referías".

"Sí, Ricky, eso es. ¿Y por qué es asombroso?"

"¡Porque ella no había hecho nada mal!" contestó Rick emocionado, su corazón palpitando rápidamente ante el descubrimiento. "Ella no había cometido ninguna ofensa. Y aun así, ella imploraba a David que la perdonara—no a Nabal, pero a *ella*, como si *ella* fuera la que había hecho algo incorrecto. Ella no dijo, 'Por favor perdona a Nabal su ofensa', lo que ella hubiera podido decir. Sin embargo dijo, 'Perdona a tu sierva esta ofensa'—'perdona *mi* ofensa'. Ella tomó el pecado por sí misma. Lo que implica", continuó él, su mente volando con interés, pero también con un poco de confusión, "que Cristo hizo lo mismo—que habiendo tomado los pecados sobre él de aquellos que nos han hecho mal, Cristo ahora viene a nosotros y nos pide que perdonemos *su* ofensa". Él tomó una pausa para considerar esto.

"Es esto correcto?" preguntó él, luchando con las implicaciones si es que así era. "¡No, no puede ser!" exclamó él, respondiendo a su propia pregunta. "El Señor nunca hizo nada mal. Él es sin pecado. ¡Él no necesita que lo perdonemos!"

"No, Ricky, ciertamente no necesita", el abuelo Carson estaba de acuerdo.

"Entonces no estoy seguro de lo que quieres decir".

El abuelo Carson respiró profundamente, de la manera que uno hace en el momento que se da cuenta que se necesita más paciencia y deliberación. Él miró placenteramente a Rick. "Tienes razón, Ricky. El Señor no necesita perdón. El acto de tomar sobre él los pecados de otros no lo hizo pecador. De hecho, como has visto con Abigail, el estar dispuesto a asumir los pecados de otros es en realidad una expresión de no tener pecado".

"Sin embargo, este aspecto de la historia de Abigail—es decir, que alguien que no necesitaba el perdón sin embargo lo pidió—ilumina algo muy importante sobre el perdón. Ilumina para quién es el perdón".

"¿Para quién es el perdón?"

"Sí".

"Entonces no estoy completamente seguro de lo que quieres decir".

"Abigail no necesitaba ser perdonada de nada, y sin embargo lo pidió", replicó el abuelo. "Entonces cuando le pidió perdón a David, no estaba pidiendo perdón porque ella necesitaba el perdón. Había otra razón para su suplica".

Rick se asombró por un momento. "Bueno, entonces ¿que *era?*" preguntó él, cuando nada se le venía a la mente. "¿Cuál era la razón?"

"¿Recuerdas la escritura cuando el Señor dijo, 'Yo el Señor, perdonaré a quién sea mi voluntad perdonar, más a vosotros os es requerido perdonar a todos los hombres'?"[30]

"Sí".

"Esa es tu respuesta, Ricky. Abigail pidió el perdón no porque necesitaba ser perdonada pero porque David necesitaba perdonar".

La mente de Rick estaba vagando. "Eso no me parece correcto, abuelo. Quiero decir, ¿no necesitaba Abigail que David la perdonara? Después de todo, él iba en camino a destruir su casa".

"Sí, pero recuerda las palabras de ella a él. 'No tendrás pena ni remordimiento', dijo ella, 'por haber derramado sangre sin causa' "[31].

"El mensaje de Abigail era que el perdón era para él que otorga el perdón, no para él que es perdonado. En otras palabras, David necesitaba perdonar para que, en las palabras de Abigail, 'no sea hallado mal en ti, pues Jehová de cierto hará casa estable a mi señor'[32]. David quizá se sintió justificado en negar el perdón a Nabal, a pesar de que tan pecaminoso sería, ¿pero negar el perdón a Abigail? No, su ofrenda en nombre de otro borró cada justificación que David pudiera tener. Ella lo liberó del seguro consuelo de sentir rencor. Por medio de este acto misericordioso, ella creó para David el ambiente más amistoso de clemencia que jamás pudiera ser creado. David nunca hubiera estado más dispuesto a hacer lo que necesitaba hacer—perdonar, o más precisamente, arrepentirse de su fracaso de perdonar—que cuando la petición para el perdón fue hecha por aquel que expió por el pecado por el cual David estaba furioso.

"El Señor, al tomar sobre sí los pecados de nuestros Nabales, nos extiende la misma misericordia. 'Sobre mí sea el pecado', él suplica. 'Déjame encargarme de ello si es que hay algo de que encargarme. Pero tú, mi querido hijo o hija, déjalo. Déjame tomarlo, como ya lo he hecho. Perdona'.

"Aunque el Señor realmente no nos está pidiendo que lo perdonemos a *él*, el efecto de la expiación es tal como *si eso* fuera lo que nos estuviera pidiendo. 'De cierto os digo que cuanto lo hicisteis [o no lo hicisteis] a uno de estos mis hermanos más pequeños', el Salvador enseñó, '[tampoco] a mí lo hicisteis'[33]. Cuando negamos el perdón a otros", continuó el abuelo, "estamos en efecto diciendo que la expiación por sí sola fue insuficiente para pagar por este pecado. Estamos esperando algo más. Estamos encontrando culpa en la ofrenda del Señor. Estamos en esencia demandando que el Señor se arrepienta de una insuficiente expiación. De modo que cuando fallamos de perdonar a otro, es como si estuviéramos fracasando en perdonar al Señor—quien, como tú correctamente dijiste, no necesita perdón".

Rick volteó la vista al otro lado del abuelo y sus ojos y su faz se entristecieron. "Yo quisiera que pudieras enseñar esto a Carol", dijo él con desesperación, con un fuerte suspiro.

"¿Crees que es esto lo que necesitas, Ricky—que *Carol* sepa esto? ¿Que tus problemas se resolverán si *ella* pudiera mejorar al arrepentirse?"

Rick estaba luchando con él mismo. Su mente escuchaba la ironía en la pregunta del abuelo, pero su corazón silenciosamente asintió.

"¿Si Carol necesita este entendimiento o no, no es asunto tuyo, o sí, Ricky? Lo que necesitas no es *su* arrepentimiento sino el tuyo. Es decir, lo que necesitas no es el perdón de *ella* para *ti*, pero mejor dicho, *tu* perdón de *ella*. Debes arrepentirte de tu propio pecado, de fracasar de perdonar. Este es el entendimiento que Abigail ofrece. Tú crees que estás negando algo que Carol necesita cuando tú le niegas el perdón a ella, pero no hay nada más lejos de la verdad. Por medio de la expiación, el Señor ya forjó el perdón de ella. ¿Qué más puede *tu* perdón agregar? No, Carol no necesita de tu perdón. *Tú* necesitas perdonarla, Ricky. Entonces el Señor viene a ti en su misericordia y dice, 'La expiación aplica tanto a Carol como a ti, hijo. Yo he tomado sus pecados sobre mí. Déjalo'.

"Debes considerar", él continuó, "cómo tu fracaso de perdonar es en efecto retener del Señor—él es quien ha tomado y expiado por los pecados y debilidades de Carol, que insistes en llevar con rencor".

Este comentario le pegó a Rick como un golpe a la cabeza. Este no era ya solamente una lección sobre la expiación. Era mejor dicho una acusación de su vida, y dejó a Rick sin poder hablar. La idea de que *él* estaba fundamentalmente equivocado lo empujó profundamente al dolor de sus problemas. Él se encontró transportando en su memoria a tres mañanas anteriores.

Carol lloraba esa mañana y dijo entre sollozos, como siempre lo hacía, que se sentía abrumada. Se había estado sintiendo enferma y quejándose sobre una asignación pendiente con la junta de maestros, pero Ricky sabía que su queja era sólo un pretenso. Ella hacía una montaña de cualquier cosa. Ella se abrumaba tan seguido, y por las cosas más pequeñas, que Rick finalmente había concluido que ella *necesitaba* sentirse abrumada. Por alguna profunda, obscura y enfermiza razón ella *tenía* que sentirse mal y deprimida y sin valor. La liberaba de responsabilidad, y Rick ya estaba harto de eso.

Él la proveía con una vida ideal, como él lo miraba. Él ganaba más que suficiente dinero para permitirle quedarse en casa con comodidad, y él no hacía ninguna demanda de ella. Él trabajaba, claro, pero también cuidaba a los niños la mayor parte del tiempo que estaba en casa y hacía los quehaceres de la casa que podía con la energía que tenía, pero nunca era suficiente.

Entonces cuando Carol dijo—otra vez—que se sentía abrumada, Rick lo tomó como un claro insulto que "no haces lo suficiente por mí", y silenciosamente, su alma entera levantó las manos en disgusto. *¿Cómo puedo hacer más de lo que ya estoy haciendo?* él gritó por dentro. *¿Y que de cuando yo me siento abrumado? ¡Quizá me deba quejar de todas mis cargas para empezar a hacerme la víctima! Es algo abrumador vivir contigo, de verdad.* Pero no dijo esto, o por lo menos, no verbalmente, y su relativa paciencia añadió a su sentimiento de superioridad moral. "Sabes que tú no eres la única con mucho que hacer" él se permitió gritar antes de darle la espalda y caminar rápido hacia la puerta.

Él había repetido esa escena una y otra vez en su mente todo el día en el trabajo, agregando a su insoportable y grande colección de quejas. Él tenía pavor ir a su casa, y cuando finalmente lo hizo, no podía mirar en los ojos de Carol. Ella también estaba rígida y callada, y el aire entre ellos crujía. Se pasaban uno al otro en silencio toda la noche, torpemente mirando a otra parte y ocultándose en los niños, en los trastes, o en el periódico—cualquier cosa para escapar de una conversación.

Carol subió las escaleras a la recámara como a las 10:00 de la noche, más temprano que de costumbre como por una hora, y Rick suspiró con alivio. Él se tiró al sillón para calmarse enfrente del televisor. Se fue a dormir como a las 12:30 de la madrugada.

Él y Carol no se hablaban desde ese día, y el silencio invernal se hacía más helado.

¿Qué tenía que ver Abigail con esto? se preguntaba él desconcertado. *¿Qué es lo que no entiendo? Señor, si hay algo que no entiendo aquí, ayúdame a entender lo que no entiendo.*

En el silencio que siguió, Rick podía sentir una voz—y sentir es la palabra correcta porque él no la pudo percibir con sus oídos.

Fue como una clase de suspiro en su pecho que le llegaba hasta el corazón y lo llevó hacia una región interior en donde el amor floreaba y la esperanza todavía florecía. Por un momento Rick abandonó su amargo monólogo sobre Carol que había estado ocupando su mente y volteó hacia la voz. Al hacerlo, también el dolor que había estado sintiendo se desvaneció, solamente para ser reemplazado rápidamente con un diferente dolor—un dolor una vez similar pero completamente diferente. Él estaba sintiendo el dolor de Carol, y él podía percibir a Carol acostada en la cama junto a él, aun cuando estaba con el abuelo en el camino a Carmel. Su dolor era tan grande como lo de él. Él reconoció las esperanzas hechas trizas, la soledad, el sentimiento de abandono y traición. Él sintió su preocupación por los niños, su pena por la perdida del amor de su esposo, su temor a un futuro incierto. Rick se sintió vencido y cayó a la tierra.

El abuelo se arrodilló junto a él y empezó a rozar la mejilla de Rick con su mano.

Al estar acostado, Rick perdió la imagen de su esposa dormida y empezó a sentir la carga de alguien que tiene que vivir con una persona con tan grande dolor. El amor y esperanza que sintió por un momento estaban desapareciendo bajo el peso de lástima propia.

"Mi hijo", dijo gentilmente el abuelo, "cuando el Salvador venga a ti con los pecados de otros en él, él te ofrece una vista de otros que sólo él conoce. Él te ruega que veas lo que él ve— como alguien que conoce cada dolor, inseguridad, aspiración y padecimiento, porque los ha tomado para sí mismo. Él te mostrará a otros como *él* los ve y los ama, y te ayudará a verlos y amarlos de la misma manera también, porque él te ruega que no sólo deja tu espada pero también tu corazón. Si haces esto el milagro de la expiación fluirá libremente, y tú, como David, no irás a la guerra, pero tomarás el pan, vino, ovejas y los higos".

"Vi algo por un momento, abuelo", Rick susurró. "Por un momento yo entendí lo que has estado diciendo. Pero la claridad ya se está desvaneciendo. No estoy seguro de poder hacer lo que estás sugiriendo. No estoy seguro de que puedo dejarlo". Rick estaba cerca de la desesperación y tratando de no llorar.

Se sentaron juntos por un momento en silencio. El abuelo Carson se volteó a mirar las colinas que estaban ante ellos. "No necesitas dejarlo, Ricky. Se irá, sólo si recuerdas a Abigail y vienes al Señor. Él ya lo ha dejado por ti. Esto es parte de la expiación. Nada más necesitas permitirle que lo quite de ti".

Con esto, empezó a levantarse. "Te dejo con tres cosas que debes recordar, mi hijo. Primero, pensando en Abigail, recuerda que el Señor tomó los pecados de otros en su propia cabeza. Segundo, recuerda que Él expió por esos pecados y que si fallamos de perdonar es por consiguiente en esencia una retención del Señor. Finalmente, recuerda que si concedemos esta clemencia por entero, él expía por entero el dolor y cargas que llegan por las manos de otros. Él nos bendice con su amor, su aprecio, su compañerismo, su propia fortaleza para perseverar. Y si tenemos esto, ¿qué nos hace falta?"

Diciendo esto, él empezó su camino otra vez rumbo a Carmel.

"¡Espera, abuelo, espera!" Rick gritaba al levantarse del piso.

Pero el abuelo se movía con una velocidad increíble.

"Tengo que irme ahora, mi muchacho", él dijo. "Quizá pueda visitarte otra vez. Me gustaría eso".

"A mí también", Rick dijo detrás de él, las lágrimas corriendo por sus mejillas polvorientas.

PARTE II

LAS IMPLICACIONES
DE NÍNIVE

8

LA TORMENTA CONTINUA

"Papi, quiero tomar agua".

Rick se limpió su cara de sueño y miró una mota de pelo. Era Lauren, su pequeña cabeza lo suficientemente alta para asomarse a la cama. Como un relojito, allí estaba a las 2:00 de la madrugada. Rick podía contar con una mano las noches de sueño ininterrumpidas de los últimos meses. Lauren estaba adicta a tomar agua a la medianoche y el vaso lleno de agua que Rick ponía a un lado de la cama de ella aparentemente sabía mejor si papi se levantaba para dársela.

Rick a veces resentía tener que ser él que siempre se levantara con los niños, y esta noche no era la excepción. Pero cuando Lauren tomaba el agua y apuntaba a su mejilla por un beso, y después decía, como siempre lo hacía, "Te quiero, papi", al irse él, se sentía agradecido por la interrupción de la mota de pelo.

Rick usualmente podía volverse a dormir, pero esta noche el sueño lo eludió. Los pensamientos de David, Abigail, el camino a Carmel, y de su abuelo le daban vueltas en su mente. Rick recordó el ejemplo de un amigo de la Iglesia que le había dicho que él dormía con un cuaderno a un lado de la cama para poder escribir lo que se le venía a la mente al despertar temprano por la mañana. Este hermano afirmaba que él había descubierto los consejos más conmovedores de su vida en ese papel cada mañana. Este pensamiento empezó a asaltarlo, manteniéndolo despierto, pero no sabía de ningún papel cerca de él y la noche helada lo empujaba más adentro de las cobijas.

Rick se quedó acostado pensando en lo que acababa de ver. La visita del abuelo fue tan táctica y real como cualquier memoria de la vida real. Él aún podía sentir la brisa del desierto. Y él recordaba a David y Abigail hasta el último hilo de sus túnicas. Aunque el sueño, con sus detalles, estaba aún vivo en él, él luchaba con sus implicaciones.

Carol se estaba acostada a un lado de él, aún dándole la espalda y abrazando su lado de la cama como estaba unas horas antes. El mensaje del abuelo hacía eco en él. *Recuerda tres cosas*, él dijo. *Primero, Cristo tomó sobre sí los pecados de aquellos que nos han hecho mal. Segundo, por esto, él está en medio de nosotros y de aquellos que pensamos que nos han hecho mal, preguntándonos que nos demos cuenta que la expiación es suficiente por esos pecados y por lo tanto, debemos arrepentirnos de nuestros resentimientos y abandonar la enemistad. Y finalmente, si perdonamos, la expiación nos llena con lo que nos hace falta y limpia nuestro dolor o nos sostiene.*

La memoria de ese consejo suavizó a Rick un poco, y al mirar a Carol, él sintió un poco de remordimiento por su parte en los acontecimientos que la había empujado a ese lado de la cama. Al observar su forma de dormir, él deseaba que estuviera al centro de la cama, en donde solía dormir, y tímidamente descansó su mano contra su espalda. *Extraño, pensó él, como alguien que ha estado casado por doce años podría sentirse tan torpe al tentar a su esposa, como la primera vez que agarró su mano.* Al estar allí, meditando esto, "tragedia" sería una palabra más apropiada.

Entonces te duele tanto como me duele a mí, él pensó, recordando el momento de su sueño. *La frialdad que he sentido de ti es tu intento desesperado de congelar el dolor de expectaciones fracasadas y la humillación al rechazo de tu esposo.* Él sentía la misma frialdad de la misma forma y por las mismas razones.

Rick seguido se quejaba de que Carol se hacía difícil de amarla cada vez que podía y después se lo echaba en cara cuando él no la amaba completamente. Pero él sentía por primera vez que quizás él le estaba haciendo a ella algo similar. Ambos estaban envueltos en una clase de espiral de muerte—un juego insano de gallinas donde cada uno se encontraba rodando hacia un fin inconcebible, cada uno tan comprometido a la justicia de su propio curso que ambos se rehusaban a regresar hasta que fuera demasiado tarde.

¿Por qué hacemos esto? él se preguntaba. *¿Cuál es el propósito? ¿Por qué estamos tan dispuestos, aun empujándonos, a arriesgarlo todo?* No tenía ni idea, y aunque sentía cierto sentimiento de arrepentimiento, se sentía más lleno de desesperación que antes.

¿Entonces que vamos a hacer? él se preguntó, volteándose de espaldas y mirando hacia el techo. *¿Cómo podemos salirnos de este lío? ¿Cómo es posible?*

¿Por qué sería imposible? vino otro pensamiento.

Esta nueva idea era tan distinta a sus pensamientos normales de desesperación de recién que reflexivamente miró alrededor del cuarto para ver si alguien estaba allí. No encontrando a nadie, se volteó nuevamente hacia el cielo.

Bueno, pensó él, tomando la pregunta como un desafió, *¿por qué sería imposible?* Pero él no podía tomar el anzuelo completamente, porque la segunda voz dentro de él seguía insistiendo que el saneamiento *era* posible. No soportando esto, sin embargo, la primera voz no creía que pudiera pasar. Él o Carol, o ambos, no podrían hacer lo que se necesitaba, le dijo la voz, y la primera voz estaba ganando la discusión.

Si es que es posible, pero tú crees que no sucederá, entonces tú realmente no quieres que suceda, le dijo la segunda voz. Hay algo que quieres más que la curación.

¡Qué será que quiero más que la curación! Rick replicó, reuniéndose a la batalla interna.

Infelicidad, dolor y desesperación.

¡Eso es absurdo!

¿Realmente es?

¿Por qué voy a querer ser infeliz, sentir dolor, o desesperación?

Buena pregunta. ¿Por qué quieres?

¡No quiero!

¿Entonces por que estás así?

¡Porque—bueno, porque Carol hace que la felicidad sea imposible! él explotó, añadiendo una palabrota con enojo.

Rick recientemente había empezado a decir groserías interiormente, aunque el hábito no había alcanzado salir de sus labios. El hecho de que sabía mejor que esto y todavía había sido llevado a las groserías era para Rick evidencia adicional de la influencia negativa de Carol.

Claro, se ve bien ahora que está dormida, se defendía él mismo. *Y quizá me pueda imaginar que las cosas están bien entre*

nosotros. Pero yo sé como será en la mañana. ¡Y no me lo merezco!
¡No merezco lo que ella me hace!

¿Entonces quieres lo que te mereces? le dijo la segunda voz.

Sí. Eso es todo lo que pido, contestó Rick.

"¿Estás seguro de que estás dispuesto a vivir con eso?"

Pero esta voz no vino del interior.

9

LA CAUSA DE LA TORMENTA

El pelo de Rick se movía con la brisa. Parecía estar en medio del mar u océano, en la cubierta de un viejo barco de madera como de sesenta pies de largo. El viento soplaba enérgicamente en dirección del cielo rojizo amarillo, los hombres en la cubierta corrían aquí y allá asegurando las cuerdas y ajustando las jarcias. Su abuelo estaba parado junto a él.

Rick supervisó la escena. El barco parecía ser veinte pies de largo antes de redondearse lentamente hacia el estribor y popa. De cada lado se levantaba postes idénticos como de doce pies de alto sobresaliendo en la punta del barco hacia el cielo en forma de arco como el frente de una hoja de patinaje. Un solo mástil destacaba en medio de la cubierta en el cual una larga vela rectangular, arrebatada por el viento, la doblaban para sostenerla con cinturones de baqueta. El cielo se oscurecía más cada segundo.

Gotas de lluvia de los principios de la tormenta estaban

llegando a la cubierta, y el mar empezaba a golpear el casco del barco. Rick miró como un escéptico a los cofres y barriles que estaban amontonados profundamente a lo largo de la orilla de la cubierta. Cuerdas ajustadas hábilmente las sostenían seguras a los lados del barco, ayudadas por un cerco de mimbre que corría a lo largo del barco. *¿Pero se sostendrían bajo la furia de la tormenta?* Rick no estaba tan seguro. Y tampoco, aparentemente, lo estaban los marineros, ya que inspeccionaban y reinspeccionaban cada nudo.

"¿Dónde estamos, abuelo?" Rick gritó sobre los vientos huracanados. El viento parecía barrer sus palabras hacia el mar.

"En un barco rumbo a Tarsis", el abuelo le gritó.

"¿Perdón?"

"Tarsis", él le gritó más fuerte. "Un pueblo en el suroeste de lo que ahora conocemos como España—en *este* día el punto más occidentalizado del mundo conocido".

"¿Por qué?" Rick grito. "¿Por qué estamos aquí?"

El abuelo le hizo una señal hacia un cofre grande que los protegería del viento.

Se presionaron al lado de los cofres y se acurrucaron para poder hablarse y oírse más claramente. Justo en eso, el barco se cabeceó repentinamente como si se hubiera caído en un hoyo en el lado del estribor, y una ola se precipitó por encima del cofre que era su protección. Rick se sujetó fuertemente de las cuerdas, enredando sus brazos alrededor de ellos en un esfuerzo de sujetarse.

"¿Qué estamos haciendo aquí?" él exclamó.

"Querías lo que te merecías", el abuelo replicó con una calma sorprendente dada las circunstancias.

"¿Qué?"

"Hace un momento dijiste que Carol no te estaba tratando como merecías ser tratado. Todo lo que quieres es lo que te mereces. ¿Correcto?"

"Bueno, sí, creo que es correcto. ¿Pero que tiene eso que ver con estar *aquí*?"

"Ah, tú no eres el único preguntando esa pregunta esta noche". Rick no tenía ni idea de lo que el abuelo estaba hablando.

Justo en este momento, una voz retumbante se podía escuchar sobre el tumulto. "¡Remeros, a sus puestos, a sus puestos!" Hombres pasaron dispersados junto a ellos y se desaparecieron debajo de la escotilla en medio del barco. Unos pocos se abrieron paso para bajar la vela.

Para entonces el cielo estaba promotoriamente negro. En donde aún brillaba la luz, las nubes se asomaban y giraban en un cielo amarillo y rojizo. Los cielos estaban vivos y moviéndose, deslizándose como una masa de culebras. El barco se cabeceó violentamente como si estuviera en una montaña rusa. Las olas empezaron a levantarse por encima de ellos y después golpeaban fuertemente en la cubierta. En el tercero de estos golpes un barril cerca de la proa en los lados del puerto se reventó, lanzándose por en medio de la barrera de mimbre hacia el mar. Los cofres y barriles atrás de estos empezaban a deslizarse por toda la cubierta, chocando contra la otra carga. Cuando el barco se cabeceó otra vez, todos los artículos sueltos volaron de la cubierta.

"¡Por la borda!" gritó la voz retumbante que habían escuchado unos minutos antes. "¡Tiren la carga por la borda!"

Los hombres que habían estado asegurando la vela rápidamente aflojaron los nudos alrededor de la carga y empezaron a tirar los cofres. Otros vinieron a ayudarlos. Después de diez minutos y de incontables hombres que casi fueron tirados al mar, la cubierta había sido vaciada de toda su carga.

Los marineros se abrieron paso precipitadamente hacia la escolta. Rick instintivamente les siguió, el abuelo tras él. A la mitad de la escalera el barco se volteó enteramente hacia el lado, tirando a Rick contra el estribor. El barco crujió al levantarse enteramente.

Si las cosas habían estado de locura en la cubierta, estaban caóticas abajo del barco. Los hombres gemían en oración con el agua hasta los tobillos, sus voces y caras con desesperación. Algunos se habían soltado sus túnicas y sujetaban algunos objetos con ellas, haciendo rudimentarios arnés de seguridad en un intento de que sus cuerpos no se lastimaran contra la bodega. Otros desesperadamente se agarraban de los brazos, piernas, o de los arnés de seguridad de sus compañeros, o de las cuerdas de los cofres que llenaban como la tercera parte del barco. Los cofres estaban encajados juntos y, por el momento, parecían estar seguras.

"¡Invoquen a los dioses!" se escuchó la voz retumbante una vez más. Rick volteó a su izquierda y miró a un robusto hombre curtido, como de cincuenta años de edad, su piel reseca por el sol, y sus ojos grandes estirados con preocupación. Los hombres asintieron, invocando al cielo con más intensidad. El hombre de la voz—seguramente el capitán, pensó Rick—miraba desde aquí hasta allá en el alrededor del interior para ver todo lo que era visible desde la bodega. Rick seguía sus ojos a dondequiera que miraba, pero no podía ver nada sorprendente—una costura por aquí y una ensambladura por allá. El capitán caminaba en el alrededor de y entre los hombres, sujetándose de los hombros de los hombres, inspeccionando cada pulgada de la bodega con ojos de determinación. En este momento, el barco se bamboleó, tirando al capitán al punto medio del barco. El agua entraba por ente las rendijas de la escotilla. "¡Sigan suplicando!" gritó nuevamente al ponerse de pie, el barco crujiendo fuertemente al tratar de nivelarse. Entonces él golpeó el techo en el lado de la bodega. "¡Remen más fuerte!" él gritó, aparentemente a los remeros que estaban en un compartimiento entre la carga de la bodega y la cubierta. Golpeó el techo en el lado de la popa y repitió su llamado, añadiendo, "¡Llévenos a tierra! ¡Llévenos a tierra!" Después se desapareció entre los cofres.

El abuelo de Rick se recargaba contra la pared a la derecha de Rick. Él estaba muy calmado.

"¿Cuál es el propósito de todo esto, abuelo?"

Justamente en ese momento, un hombre a la izquierda de Rick gritó, "Los dioses están enojados. ¿Quién ha traído esto sobre nosotros?" Unos pocos respondieron en unísono, "Sí, ¿quién?" Los hombres empezaron a observarse el uno al otro con cautela. Las oraciones pararon, y el compartimiento estaba repentinamente inundado de rencor y acusaciones. "¡Tú, despreciable ladrón!" gritó un hombre molacho en el lado opuesto de la bodega. "¡*Tú* eres el responsable!" Se soltó de su arnés de seguridad y se tiró hacia un joven alto y flaco en medio de la bodega. Otros saltaron de ambos lados del conflicto y el espacio se llenó de puñetazos.

Otro cabeceo al lado del puerto los tiró a todos contra la pared con un fuerte golpazo, sus ropas mojadas salpicando contra las tablas.

Los hombres momentáneamente se les había olvidado su riña al revisarse para ver si estaban lastimados, pero parecían estar listos para resumir la pelea nuevamente, hasta que uno de ellos sugirió determinar por sorteo quién era el responsable. "Sí, vamos". Estuvieron de acuerdo los demás, ansiosos de encontrar una manera aceptable de salir de esta riña.

Rick observaba cuidadosamente al hacer los hombres un círculo. El capitán, quien había salido de atrás de la bodega con otro hombre, se unió al círculo con su nuevo compañero. Este segundo hombre era diferente al resto de la tripulación. Estaba vestido como David y sus hombres, aunque un poco mejor, con una túnica (la cual estaba mojada de un lado y de la espalda, como si hubiera estado acostado en el agua que ahora estaba en línea recta en la bodega), su cabeza cubierta, en sandalias, mientras que los marineros estaban descalzos y aparte de su ropa interior, usaban solamente túnicas, con bandas de lino alrededor de sus cabezas como cintas para asegurar su cabello. Los ojos del recién llegado estaban llenos de resignación. Él tomó su lugar al lado del capitán en el círculo.

"¡Tolar, junta a los hombres!" El capitán ordenó, indicando a los compartimientos arriba de ellos. El joven que había sido el objeto de la furia del hombre molacho saltó de un brinco y golpeó tres veces contra el techo del puerto. Y después repitió el mismo golpe al lado del estribor. De cada lado de la bodega, una ventanilla del techo se abrió y una media docena de hombres salió de cada una de ellas. Sus túnicas hasta la cintura estaban aseguradas sólo por un cinturón. Gotas de agua del mar y sudor corrían por sus pechos desnudos.

"Siéntense en el círculo", dijo el capitán.

Cuando todos rápidamente se sentaron, el más anciano marinero entre ellos empezó a cantar una clase de conjuro, el tono y lenguaje completamente desconocido por Rick. El cántico era un ritual de oración al dios de la tormenta de los fenicianos, habitantes de la área conocida en los tiempos modernos como Lebanon, quienes desde 1000 años antes de Cristo y 700 años después de Cristo, eran comerciantes de barcos y del comercio antiguo—gobernantes del mar desde la costa de Israel hasta la boca del Atlántico y de allí al norte y al sur a las islas Inglesas y la costa oeste de África, respectivamente.

"¡Empecemos ya!" gruñó el hombre molacho que había empezado la pelea un momento antes. El anciano paró de orar y sacó una bolsa de su cinto, de la cual sacó una docena de pequeñas cuentas y las mostró al círculo. Los ojos de Rick se fijaron en una cuenta morada brillante que sobresalía de las demás.

"Necesitamos una superficie seca; hay demasiada agua en el piso", dijo el hombre.

El capitán se levantó con un fuerte gruñido, caminó hacia la carga y con nada más que sus manos pelonas hizo trizas la tapadera de un cofre grande. La arrastró al círculo y la arrojó al medio de los hombres. "Allí está; empieza ya, Rabish", dijo él.

Obedientemente, el anciano lanzó las cuentas a la tapadera. Los hombres estiraron sus cuellos para ver la configuración de las cuentas y todas las cabezas se voltearon hacia el recién llegado al lado del capitán. Rick podía ver por sobre los hombros y miró cinco de las cuentas más o menos alineadas, con la morada al final, apuntando al hombre de la túnica. El recién llegado se desplomó en su lugar, y el barco se volcó repentinamente al lado del puerto, las cuentas y los hombres cayendo.

"Dinos quien eres, oh extranjero", imploró el capitán, una

vez que se levantó del piso, "y por qué está este mal sobre nosotros".

El hombre permaneció en silencio por unos momentos. "Soy un hombre despreciable", finalmente dijo, su voz hosca con desesperación. "Mi nombre es Jonás, hijo de Amittai. El sorteo ha sido bien echado. Yo he ofendido al Dios del cielo y de la tierra".

¡Jonás! Por supuesto, Jonás! Rick pensó.

"¿Qué quieres decir?" preguntó el capitán seriamente. "¿Qué es lo que has hecho?"

La agitación reemplazó algo de la desesperación pero no el dolor en la cara de Jonás. "El Señor me mandó que fuera a los asirios en Nínive, para prevenirlos. Pero no lo hice, porque son bárbaros de corazón y mente". Con esto, él echó una mirada de preocupación alrededor de la bodega. Satisfecho de que no había asirios en el grupo, él continuó. "Entonces corrí del Señor y de su mandato. Esta es la causa de su calamidad. El Dios de los cielos y la tierra está enojado".

"¿Imploro, de dónde vienes?" preguntó el capitán. "¿Cuál es tu tierra—de que tribu eres? ¿Quién es este Dios al que tú adoras?"

"Soy hebreo y temo a Jehová, el Dios del cielo, que hizo el mar y la tierra. Es este él que está enojado. Él no se quedará tranquilo". Con esto Jonás se puso las manos en la cara. "He ofendido al Señor y esta es mi recompensa. Estoy condenado a morir".

El barco repentinamente se sumergió, mandando el estómago de Rick a su garganta. Los hombres, ninguno de ellos restringidos por sus arnés de seguridad, volaron en masa contra las paredes. El mar entonces volteó el barco de espaldas y un alboroto se interrumpió en la bodega. Los vidrios que protegían las velas que colgaban de las paredes se rompieron y toda la luz se extinguió. Al mismo momento, los cofres de la parte de atrás de la bodega se reventaron de sus arnés de seguridad, se estrellaron contra el techo del barco que era por ese momento el piso y después empezaron a arrojarse abruptamente en todas direcciones mientras el barco se sacudía en las olas. Pasaron sólo dos o tres minutos antes de que el barco milagrosamente se volteara una vez más, pero el agua en la bodega ahora estaba casi hasta sus rodillas.

El capitán gritó, "¿Oh hebreo, que debemos hacer para calmar las aguas?"

"Tomadme y echadme al mar", él contestó. "Entonces el mar se aquietará. Porque es por mi causa que ha venido esta gran tempestad ante vosotros".

El capitán lo miró cautelosamente. "No agregáremos más problemas a nosotros con tu sangre".

"¡Remeros, otra vez a sus puestos!" el gritó. "¡Llévennos a tierra!" Los hombres desnudos del pecho subieron la cuerda a la escotilla en el techo y las abrieron, exponiendo por un momento los compartimientos debajo de la cubierta y de cada lado de la bodega en donde unos pocos de hombres podían añadir fuerza de remos a la vela que normalmente los propulsaba.

Pero de nada servía. La tormenta era demasiado fuerte y la fuerza de los hombres muy débil. Y sin un timón en la cubierta, sería difícil guiar el barco, aun bajo condiciones normales. Mientras todo esto pasaba, Jonás imploraba con ellos para que lo echaran al mar.

Finalmente, cuando la inutilidad de la tarea era evidente

para el capitán y sus hombres se voltearon hacia Jonás. "No tenemos otra opción, oh extranjero. Haremos lo que tú dices. Pero te suplicamos, oh Dios de los hebreos", dijo el capitán, levantando su voz y sus brazos hacia el cielo en la bodega, su figura gris poco visible en la oscuridad, "te suplicamos, no nos dejes perecer por la vida de este hombre. Ni pongas sobre nosotros sangre inocente, porque tú, Jehová, has hecho como tú has querido".

Entonces, uno de los hombres rápidamente subió las escaleras a la cubierta y soltó la cerradura de la escotilla. Después bajó de la escalera e hizo lugar para Jonás.

Jonás titubeó, pero un movimiento sacudió el barco y un empuje del capitán lo subió a la escalera. Dos de los hombres lo siguieron asegurados por cuerdas. Después de veinte segundos más o menos los dos hombres se echaron un clavado de la bodega, sujetando el pasador una vez más, antes de descender a la bodega.

Jonás fue echado al mar[34].

IO

QUIENES SOMOS

Agotado y asombrado por lo que había visto, Rick estaba más confundido que nunca de por qué estaba allí. "¿De que se trata esto, abuelo?" él preguntó nuevamente. "¿Cuál es el propósito? ¿Qué quieres que aprenda?"

"¿Sabes el resto de la historia de Jonás, Ricky?"

"Claro, él es tragado por un gran pez y después de tres días, el pez lo vomita a tierra y va a Nínive y predica después de todo, y la gente se arrepienten y son preservados. Lo entiendo. Yo conozco la historia. Pero no sé que tiene que ver *conmigo*".

"Es por eso que estamos aquí, Ricky—para que *entiendas*".

Los vientos y las olas se habían calmado rápidamente y los hombres ascendían la escalera juntos. Rick y el abuelo los siguieron hacia arriba. Una vez en la cubierta, exploraron la escena. El mástil había sido roto un pie o dos arriba de la cubierta y la vela se perdió en el mar. Excepto por unas pocas piezas solitarias, el cerco de mimbre había sido casi enteramente roto. Pero el crepúsculo en el cielo estaba claro, y las aguas calmadas como cristal. Los hombres cayeron de rodillas y ofrecieron oraciones de gratitud.

Rick siguió al abuelo a la proa y miraron alrededor del ahora tranquilo mediterráneo.

"¿Supones que tú alguna vez has huido a Tarsis, Ricky?" su abuelo preguntó después de uno o dos minutos.

"¿Huir del Señor, quieres decir? No, creo que no".

"¿No?" preguntó el abuelo, levantando sus cejas en dirección de Ricky. "Pensemos en lo que significa *huir* a Tarsis".

Fenomenal, aquí vamos otra vez, pensó Rick. *Más Sócrates.*

"Sí, me supongo que sí, mi muchacho", dijo el abuelo con una breve sonrisa. "Pensemos en lo que hemos visto. *¿Por qué* Jonás huye a Tarsis?"

"Por la razón que acabo de decir, para huir del Señor".

"Eso es lo que estaba haciendo, seguro, Ricky, pero ¿por qué? *¿Por qué* huía del Señor?"

"Por qué no quería ir a Nínive, me supongo".

"Sí, pero ¿por qué?

"¡No sé, abuelo! Creo que nada más no quería ir. Quizá no quería a las personas de allí".

"Estás correcto en ambos puntos", respondió el abuelo, ignorando la agitación de Rick. "Él no quería ir, y no quería a los niniveanos. Y la razón por lo que no los quería es por lo que le habían hecho a su gente, y de lo que aún iban a hacerles".

"¿Qué quieres decir?"

"En los días de Jonás, Nínive era una cuidad importante en el imperio asiriano—muy pronto llegaría a ser su capital. Los asirianos eran una gente brutal y dispuestos a luchar, temidos por todos a su alrededor—incluyendo, quiero agregar, los fenicianos, como los marineros en este barco, que se les era requerido pagar tributo a Asiria para poder mantener su soberanía".

"Durante este tiempo en la historia, el imperio asiriano incluía casi todo lo que es el presente Iraq y Siria y mucho del presente Jordán y Turquía. Por un tiempo también controlaban Egipto. Los asirianos habían estado asaltando por años las fronteras del norte del reino de Israel, coleccionando tributo de ellos también. Y Jonás sabía por las palabras de los profetas que los asirianos destruirían pronto la parte norte del reino y llevarían a su gente al cautiverio[35], lo cual pasó 721 años antes de Cristo".

El abuelo tomó una pausa por un momento, mirando hacia el mar. "¿Entonces como podía Jonás esforzarse para salvarlos?" preguntó él finalmente. "¿Por qué el Señor se lo pediría? Eso es lo que Jonás se estaba enfrentando, Ricky. En su mente, Nínive no *merecía* ser salvo. Y él, uno de los agraviados y maltratados, no merecía que se le requiriera ayudarles".

Rick recordó los comentarios anteriores de su abuelo de cómo Rick sentía que merecía más de Carol. "Entonces tú crees que soy como Jonás, entonces, ¿es eso, abuelo?" Estás diciendo que estoy enojado porque yo pienso que merezco más de lo que estoy obteniendo, y en ese sentido soy como Jonás".

Su abuelo no dijo nada.

"Bueno, entonces quizá si *soy*. ¿Pero sabes qué? No puedo culpar a Jonás, para decirte la verdad, ahora que sé lo que se estaba enfrentando. ¿Quién lo puede culpar por no querer ir a Nínive? ¿Por no querer ayudar a la gente que pronto acabaría con su gente sin pensarlo dos veces? Entonces sí, quizá *yo* soy como Jonás. Eso no me parece tan mal a mí, bajo las circunstancias. Es mejor que ser niniveano, yo digo".

"En realidad, Ricky, eso es lo que eres".

"¿Quién?"

"Niniveano".

"¿Yo, niniveano?"

"Sí. Y, a propósito, Jonás es niniveano, también. Por eso estamos aquí. Y por qué Jonás está en algún lugar *allí*", él dijo, mirando hacia el mar.

11

LO QUE MERECEMOS

"Cómo podría Jonás ser niniveano?" Rick objetó, pensando en él mismo también. "Él no es un conquistador. Él no hace la vida de otros miserable. El no es *nada* como Nínive. Él es un profeta, por Dios santo".

"En realidad, Ricky, él es *exactamente* como Nínive, en la única manera que realmente importa".

"¿Cómo es eso?"

"Recuerda, Jonás siente que Nínive no merece ser salvo. Es por eso que él está huyendo. ¿Pero adivina quién más tampoco merece ser salvo?"

La pregunta del abuelo Carson se sostenía en el aire salado.

"Estás diciendo que Jonás tampoco merecía ser salvo", Rick finalmente respondió. Su voz se iba debilitándose con ese pensamiento.

"Exactamente. Si Jonás demanda que todos obtengan lo que se merecen, entonces *él* también debe aceptar lo que merece, y eso, Ricky", dijo él, volviendo sus ojos hacia el mar, "es lo que ahora está obteniendo".

El abuelo se quedó callado y Rick se perdió en sus pensamientos. *¡Pero que de Carol y de cómo me trata!* se rebajó a sí mismo. *"Sin caridad no eres nada"—eso es lo que las Escrituras dicen. Y Carol está desprovista de caridad. Ella no debería ser así. Yo merezco mejor. ¿No estoy en lo correcto?* Rick estaba confundido. *¿No estoy en lo correcto?*

"En realidad, estás ambos correcto y equivocado", su abuelo interrumpió, interviniendo nuevamente en los pensamientos de Rick. "Sí, es verdad que se nos manda amar y honrar a otros, y es probablemente cierto que Carol falla de hacer esto todo el tiempo—tal como tú y yo también fallamos. Pero qué falsa es la idea de que tú y yo *merecemos* ese amor y devoción—que de alguna manera *tenemos derecho* a ello. La verdad es que solamente hay una sola cosa que verdaderamente merecemos, y eso es que se nos mande al infierno—a ti, Carol, Jonás, Nínive y a todos nosotros. El amor y la salvación son dones. ¡Qué agradecidos debemos estar de recibirlos en cualquier cantidad!" Con eso el abuelo Carson miró nuevamente hacia el mar.

"El infierno es lo único que podríamos esperar, Ricky, si no fuera por el poder redentor de la expiación del Salvador. Es solamente su amor, ofrecido no porque lo merecemos pero aunque no lo merecemos, que nos salva. No queremos lo que nos merecemos, créeme. Jonás se está dando cuenta de eso ahora mismo. Nuestra única esperanza es recibir lo que *no nos merecemos*—la misericordia que trae el don de la vida eterna. Y Jonás está a punto de comprender eso también".

¿Entonces estoy equivocado al pensar que Carol está siendo injusta? ¿Es eso lo que significa? Rick discutía con él mismo. "Hay

algo que no entiendo, abuelo", él objetó. "Yo entiendo que sin el Salvador, estamos igualmente perdidos—tú, yo, Carol, Jonás, y Nínive. Yo entiendo eso. Pero el hecho es que *no* estamos sin el Salvador. Y su expiación requiere nuestra rectitud—somos salvos por gracia 'después de hacer cuanto podamos'[36]. ¿Correcto? ¿Entonces no importa en el caso de Jonás, por ejemplo, que él es más recto que los ninivenos, a pesar de esta vana huida a Tarsis? ¿No significa *algo* eso?"

"Sí, significa algo, Ricky. Pero no lo que tú crees".

"No solías hablar en adivinanzas, abuelo", Rick lo regañó.

La risa del abuelo Carson aclaró la tensión que Rick empezaba a sentir. Él se volteó para enfrentar a Rick. "Lo siento, mi muchacho. No estoy tratando de confundirte. Déjame ponerlo de esta manera. El que Nínive sea recto es crítico, por supuesto—pero solamente para Nínive. No tiene nada que ver con Jonás. Y si él piensa que sí—si él piensa que él merece más porque de alguna manera es mejor que Nínive, entonces él en ese momento llega a ser más niniveano que la gente que está culpando".

"¿Pero que tal si los niniveanos *realmente* son malos?" Rick preguntó, pensando en su matrimonio. "¿Qué tal si Jonás *realmente* es mejor que ellos? ¿Qué tal si es *realmente* más recto? ¿Por qué sería un problema para Jonás reconocer la verdad?"

"Porque él no *estaría* reconociendo la verdad, Ricky; ese es el punto. Si realmente es más recto que ellos, no se le ocurriría pensar que es más recto que ellos porque él entendería completamente y profundamente que tiene derecho a nada más que al infierno. Por lo menos, en un sentido, 'la rectitud' es simplemente un humilde entendimiento de que tan injusto uno es, junto con el profundo cometido de ser mejor. La verdad no deja lugar para sentimientos de superioridad. Tales sentimientos no son nada más que vanas mentiras".

Estas palabras se asentaron en Rick con tal fuerza que se dio por vencido con su proyecto de recargar discusiones. No se había dado cuenta hasta ese momento que su principal objetivo hasta ese entonces con su abuelo había sido estar en lo "correcto", y que había hecho una clase de partido de justar palabras todo el tiempo que habían estados juntos. Algo en su último comentario o quizá era la manera como el abuelo lo dijo—Rick no estaba seguro—cambió todo. Sintió sus dedos relajarse, y se asentó en sus pies. La tensión se desvaneció de su cara y cuello, y se volteó a mirar el mar con el abuelo.

"Ves, Ricky, la rectitud relativa no significa nada. Ya sea o no que Jonás era mejor o peor que Nínive no es la cuestión, ¿verdad? Y ya sea o no que tú seas mejor que Carol tampoco es la cuestión. Algunos obreros trabajan más horas, el Salvador nos dijo en una parábola, y otros menos[37] El pago de cada persona al terminar el día no tiene nada que ver con el trabajo de otros. Cada uno de nosotros estamos tratando de obtener nuestra propia salvación con temor y temblando ante el Señor. Y ese don vendrá a nosotros solamente si sabemos en nuestros corazones que no lo merecemos más que cualquier otro. Lo que quise decir antes con 'huir a Tarsis' era solamente esto: persistiendo con la idea de que somos mejores, más rectos, y que merecemos más que otros. La verdad es que todos, cada uno de nosotros, estamos igualmente condenados sin la misericordia del Señor. La vida eterna es un don. No siento ningún motivo de sentirme con derecho. Tengo motivo solamente de sentirme agradecido".

"Sí, supongo que eso es correcto", Rick estuvo de acuerdo, suspirando profundamente. "Pero es tan difícil, abuelo. Estoy realmente luchando". Por primera vez desde que se encontró en el barco, Rick bajó sus defensas y abrió su corazón.

"Carol y yo ya no estamos bien juntos, abuelo", él se lamentó. "Ya no respondo bien a ella. Cada pequeña injusticia se siente como si pesara mil libras". Rick seguía mirando hacia el mar, sus ojos brillaban mientras su mente se sumía en los eventos recientes. "Hace una semana, por ejemplo, empecé a cocinar la cena después del trabajo. Lo cual he tenido que hacer más y más en estos últimos dos años ya que Carol básicamente ha tirado la toalla en preparar comidas. De cualquier forma, yo pensé hacer huevos revueltos y empecé a revolverlos en un recipiente. Carol se sentó en la mesa mientras hacía esto, nunca ofreciéndose a ayudarme. Y después, justo antes de echar los huevos al sartén, me dijo que me asegurara de echar mantequilla en el sartén, para que los huevos no se pegaran tanto. Yo protesté un poco, supongo, y ella dijo, 'Mira, es muy difícil limpiar el sartén si no usas mantequilla. Si tú quieres limpiar el desorden, entonces haz lo que quieras'. Eso es lo que me dijo.

"¿Y sabes que?" Rick preguntó más para él mismo que para el abuelo. "Yo me enojé con ella. Ya tuve más que suficiente. ¡Por qué hay siempre un problema con lo que hago! yo demandé. ¡Para empezar, por qué no puedes estar agradecida que estoy cocinando! ¡Por qué no puedes estar agradecida! Y por supuesto, yo no estaba agradecido cuando lo dije. Yo sentía que merecía una buena cena, y si no podía tener eso entonces yo merecía cocinar de la manera que se me diera la gana". Los ojos de Rick empezaron a llenarse de agua a la futilidad de esa memoria. "Ella ya ni siquiera me puede pedir que use mantequilla", él suspiró, sus ojos se llenando de lágrimas. "Ya no podemos hablar ni de huevos". Rick movió la cabeza patéticamente.

"Jonás sabe la desesperación que llevas, Ricky. Pero el Señor está a punto de enseñarle la manera de escapar de la desesperación. La primera parte de esa lección ahora tiene a Jonás en el estómago del pez".

"La segunda parte lo espera en Nínive".

12

UNA PREGUNTA MISERICORDIOSA

Rick se encontró con su abuelo en una cima mirando hacia un grande valle plano. Atrás de él, se levantaba unas estribaciones que se convertían en una fila de montañas, unas millas a la distancia. Abajo, una gran cuidad se levantaba en las orillas de un río a unas quince millas de distancia y se desplegaba de allí en todas direcciones. La área congestionada central de la cuidad, de por lo menos diez millas cuadradas y rodeada por una pared grande, estaba llena de casas blancuzcas y edificios que parecían estar empalmados uno arriba del otro, y muy cerca la una de la otra. Caminos angostos y tortuosos cortaban vereda por entre las estructuras blancas. Una cantidad de edificios más grandes, gubernamentales en naturaleza, Rick supuso, rompían la monotonía de encerramiento de las estructuras más pobres.

En el centro y hacia el río se levantaba un edificio mucho más grande que cualquier otro. Rick no podía ver por la distancia pero la base de este inmenso edificio parecía ser una pirámide desproporcionada, que se levantaba más alta que los otros edificios, formando un cimiento masivo para la magnífica estructura del templo en el cual descansaba.

La cuidad gradualmente disminuía en densidad en todas direcciones pero continuaba tan lejos como Rick podía ver al otro lado del río. El espacio exterior eventualmente llegaba a formar parte de granjas, hogares, y de otras estructuras que se agrupaban aquí y allá entre campos con cosechas. Los campos más cerca a Rick estaban secos y quemados bajo el sol abrasador, pero en la distancia cerca del río, la tierra aún brillaba con color.

"Entonces este es Nínive", dijo Rick.

"Sí, la gran cuidad", respondió el abuelo. "El río a la distancia es el Tigris. Estamos como a 230 millas al norte del presente Bagdad, 550 millas al noreste de Jerusalén"[38].

"Mira", dijo el abuelo, apuntando a la derecha.

Rick dio un paso hacia adelante para ver del otro lado de una roca que le tapaba la vista. Como a veinte yardas estaba una enramada provisional. Un hombre buscaba refugio dentro de ella, sin tener éxito, porque había muy poca vegetación alrededor de ellos para llenar las ranuras entre la madera. Una parra que crecía a los lados y que se extendía arriba de la enramada estaba marchita y muriéndose. "¿Jonás?" preguntó Rick.

"Sí. Él subió a esta parte después de predicar a los niniveanos como se le había mandado. 'Cuarenta días' él les dijo. 'Y serán destruidos si no se arrepienten' "[39]. Él repitió esta advertencia los días y semanas que siguieron, la fecha anunciada de calamidad acercándose. A Jonás *le encantaba* llevar este mensaje, Ricky, porque él estaba ansioso por la destrucción de los niniveanos. Entre más empeoraban ellos y sus prospectos, más feliz se sentía. Le gustaba desempeñar su papel de "profeta".

Pero para su sorpresa y disgusto los niniveanos se arrepintieron y el Señor retiró su sentencia.

"Ayer fueron los cuarenta días desde la advertencia inicial de Jonás. Jonás había estado los pasados veinticuatro horas demandando que el Señor hiciera lo que dijo al principio y destruyera a los niniveanos. Jonás se quedó en esta colina para ser testigo de esta destrucción que tanto anhelaba".

"Pero el Señor *no* los destruye".

"No, Ricky, no lo hace. Y la historia de Jonás se terminará aquí en esta colina, con un Jonás enojado cociéndose bajo estos palos, y el Señor esperando por una respuesta a su pregunta".

"¿Qué pregunta?"

El abuelo Carson sonrió. "Una pregunta que fue intencionada tanto para ti y para mí como para Jonás".

"¿Qué quieres decir?"

"El libro de Jonás termina con una pregunta, una pregunta que el Señor le hace a Jonás. Pero la escritura se termina antes de que Jonás responda. La respuesta de Jonás es omitida porque su respuesta es importante solamente para Jonás. La pregunta queda sin contestar para nosotros porque el Señor la plantea a cada lector nuevamente. El Señor ahora te pregunta esta misma pregunta a ti, Ricky. Y tu respuesta—ahora y en cada momento de aquí en adelante—determinará si te quedas agarrado de la desesperación o encuentras un camino a la felicidad".

¿Cuál es la pregunta?" Rick preguntó con más urgencia.

" '¿Y no tendré yo piedad de Nínive?' "[40]

¿Esa es? Rick se preguntó. "No estoy viendo la profundidad, abuelo. ¿Qué es lo que pasé por alto?"

"Estás pasando por alto a Carol, mi muchacho. Y cuatro niños de los cuales no conoces su dolor".

Estas palabras tomaron el aliento de Rick más enteramente que el viento sureste abrasador que repentinamente lo envolvió.

"Quiero demostrarte algo", dijo el abuelo Carson, caminando para levantar un pequeño palo que estaba a unos pies de ellos. Habiéndolo tomado, se regresó a donde estaba Rick y se sentó de cuclillas.

"Hay algo en la historia de Jonás que debes saber", dijo él, enterrando el palo profundamente en la tierra para preservar las palabras a pesar del viento. Después que terminó dijo él, "Mira esto".

Él había escrito lo siguiente:

1. El Señor manda a Jonás a predicar a los malvados niniveitas.

    2. Jonás peca al no querer que Nínive fuera salvada.

        3. Jonás se arrepiente y el Señor salva a Jonás.

        3. Nínive se arrepiente y el Señor salva a Nínive.

    2. Jonás peca, no queriendo que Nínive fuera salvada.

1. El Señor le pregunta a Jonás: "¿No tendré yo piedad de Nínive?"

"Esto, Ricky, es la historia de Jonás. ¿Te das cuenta de algo?"

"Sí. Los elementos de la historia se repiten en reversa. Es un quiasmo—una estructura de orden, común en los escritos hebreos".

"Muy bien, Ricky", dijo el abuelo, obviamente impresionado. "Yo no sabía de los quiasmos hasta que vine *aquí*", dijo él—refiriéndose, Rick conjeturó, a la vida después de la muerte y no específicamente a la colina arriba de Nínive.

"Entonces sabes, Ricky", continuó él, "que los escritos quiasmos se difieren de los escritos lineales de esta forma: Los pasajes quiasmicos apuntan hacia el interior, al centro. El final de una historia quiasmica no es el fin, sino es una invitación para considerar el centro de la historia de nuevo. Con esto en mente, vamos a pensar sobre los elementos del final del quiasmo, la pregunta del Señor, '¿Y no tendré yo piedad de Nínive?' ¿De que te das cuenta en el centro de la historia?"

"Bueno, en ambos elementos centrales el Señor proveyó la salvación. Primero él salvó a Jonás y después salvó a Nínive".

"Exactamente. El Señor salvó a Jonás y a Nínive por igual y con los mismos términos—el arrepentimiento. Entonces si la respuesta de Jonás a la pregunta del Señor es, 'No, los niniveanos, los cuales has salvado, no deberían ser salvos', entonces, ¿quién, por implicación, tampoco debe ser salvado?"

"Jonás", contestó Rick, casi en un susurro. Su mente corría tratando de juntar las piezas. "Estás diciendo que Jonás no puede ser feliz con el pensamiento de que Nínive fue salvo. Entonces él llega a ser indigno de la salvación".

"Sí. O quizá lo pondré de esta manera: Jonás *ya* es indigno de la salvación, tal como Nínive. *Nadie* la merece. La salvación es un acto de misericordia. El Señor plantea esta pregunta en términos de misericordia para Nínive, pero la misericordia para Nínive ya no está en cuestión. La misericordia que está en cuestión es para Jonás. La implicación de la pregunta del Señor es esta: La misericordia puede ser extendida solamente para aquellos que están dispuestos a extenderla ellos mismos.

"La pregunta del Señor a Jonás es la misma que él planteó en la parábola del sirviente no misericordioso, cuya deuda, la cual el Señor—su amo—había perdonado: '¿No debías tú también tener misericordia de tu consiervo, como yo tuve misericordia de ti?' preguntó el Señor. 'Entonces su señor, enojado, le entregó a los verdugos. . . . Así también', el Señor continuó, 'mi Padre Celestial hará con vosotros, si no perdonáis de todo corazón cada uno a su hermano sus ofensas' "[41].

Los hombros de Rick se desplomaron un poco al considerar su matrimonio dado lo que el abuelo estaba diciendo.

"No es accidente, Ricky, que la declaración central en el libro de Jonás, que aparece en medio de los elementos centrales del quiasmo, con veinticuatro versos procediéndole y veintitrés versos siguiéndole, dice: 'Los que siguen vanidades ilusorias, su misericordia abandonaron'[42]. Jonás se sienta en la enramada observando vanidades ilusorias. Se le ha olvidado su propio pecado, se le ha olvidado la misericordia extendida a él por los marineros, que trataron de ayudarlo aunque sabían que él era la causa de sus problemas; se le ha olvidado la misericordia máxima del Señor, que lo salvó aunque no lo merecía; y está por lo tanto ciego de ver sus propios pecados 'niniveses'—por los cuales él mismo es un niniveita. Fracasando ver la misericordia, su corazón, mente y ojos le mienten. Todo lo que pude ver es que está en lo 'correcto', 'que tiene derechos', 'que lo merece todo'. Observando las 'vanidades ilusorias', él está en peligro de 'perder su propia misericordia'. Y al no sentir misericordia personal, está encerrado en la desesperación.

"Y eso me lleva a esta pregunta, Ricky: ¿De alguna forma estás olvidando tus propios pecados? ¿De alguna forma estás fracasando de recordar la misericordia que Carol te ha demostrado? ¿De alguna forma estás olvidando al Señor? ¿De alguna forma estás ciego de tus propias ninivaneses? ¿De alguna forma estás persistiendo en sentir tener derecho?

"Tu escape de la desesperación se encuentra en tu respuesta a estas preguntas".

13

LA MISERICORDIA EN BALANCE

Pero cómo *puede,* abuelo? Esas preguntas sólo me hacen sentir más mal".

"Es exactamente por eso que tienen la llave para la felicidad".

"No tiene sentido".

"En un tiempo y día diferente quizá, Ricky, pero no en tu día, cuando todos están tratando de encontrar la felicidad sin dejar a un lado sus pecados. Pero tú y yo, Ricky, sabemos mejor: 'La maldad nunca fue felicidad'[43]. La gente del rey Benjamín se llenaron de gozo solamente después que cayeron a la tierra con temor por sus pecados, viéndose cómo 'menos que el polvo de la tierra'[44]. La desesperación que le entró a Alma, hijo, fue reemplazada por gozo solamente después de haber sido 'atribulado por el recuerdo de sus muchos pecados'[45]. El padre del rey Lamoni estuvo en lo correcto cuando él oró, 'Abandonaré todos mis pecados para conocerte'[46], lo que requirió que reconociera lo que era pecaminoso dentro de él.

"Entonces pregunto nuevamente: ¿De alguna forma estás olvidando tus *propios* pecados? ¿De alguna forma estás fracasando recordar la misericordia que Carol té ha demostrado? ¿De alguna forma estás olvidando al Señor? ¿De alguna forma has llegado a estar ciego de tus propias ninivaneses? ¿De alguna forma persistes en sentir tener derecho? Contrario a las creencias modernas, no hay preguntas más felices que estas".

La mente de Rick estaba ahora lejos en una memoria. Se encontraba sentado en el coche en el asiento del chofer y Carol al lado de él. Habían salido a una cita esa noche—más por un sentimiento de obligación que por el deseo de estar juntos. Su conversación había sido forzada y torpe. Iban de regreso a casa más temprano que cualquier cita antes de casados, para ahorrar en la cuenta de la niñera. El pretexto de ahorrar dinero para regresar pronto, tan común en su matrimonio, carcomió a Rick, pero esta noche él mismo estaba ansioso por llegar a casa, en donde los cuartos y paredes amortiguarían el eco doloroso de su silencio.

"*Hay algo que necesito decirte*", dijo Carol al acercarse a su hogar. Por lo que Rick pensó, *Fenomenal, aquí vamos otra vez.*

"*No me encuentro fuerte en este momento*", empezó Carol. "*No es justo para ti, me supongo, pero eres tú el que tendrá que proveer el amor, entendimiento y apoyo en esta relación. Me temo que yo no puedo hacerlo en este momento*".

Rick se hizo a un lado del camino y paró el coche. "*Eso no es justo, Carol*", él replicó, dándole una mirada de enojo. "*No puedes demandarme eso. No puedes decir que no eres lo suficientemente fuerte para proveer amor ahora. ¡No puedes hacer eso! No es correcto. Yo no me siento tan fuerte tampoco, para decirte la verdad. ¿Quién me va a dar el apoyo que yo necesito? ¿Hmm?*"

"Yo sé que no es justo, Rick, y lo siento mucho". Rick recordó la cara de lástima de ella, y sintió repugnación nuevamente.

" '¡Lo siento!' ¿Esto es lo que quieres decir con lo siento? Esa no es una disculpa, Carol. Además, no puedes obtener lo que estás buscando de la manera que quieres obtenerlo. No descubres el amor al demandar amor de otros. Descubres el amor al aprender amar a otros tú misma. A menos que tú encuentres la manera de amar, mi amor, o de cualquier otro, no te ayudará. Descubres el amor al aprender amar a otros. No hay otra manera".

"Palabras más verdaderas jamás han sido dichas, Ricky", su abuelo interrumpió, arrancando a Rick de su memoria. "Qué lástima que no creas tú mismo lo que estabas diciendo".

¿Ha? ¿Qué quieres decir?

"Le dijiste a Carol que 'no se descubre el amor al demandar amor de otros, lo descubres al aprender amar a otros'. Y que tan correcto estabas. Pero no lo creíste aun cuando lo dijiste".

"Claro que sí. Y todavía lo creo".

"¿Realmente lo crees?"

"Sí. Absolutamente".

"Entonces dime, si tú crees que tu amor por otros no depende de su amor por ti, ¿por qué tuviste problema con la petición que Carol te hizo? ¿Por qué te enojaste cuando ella dijo que se sentía débil y que tú tendrías que ser la primera fuente de amor y apoyo por un tiempo?"

"Bueno, porque no está bien, es por eso".

"¿Qué no está bien?"

"Que una persona—yo—tenga que proveer todo el amor. ¡No es justo! Estoy cansado de eso. ¿Por qué no puede ella hacer su parte?"

"¿Necesitas que ella lo haga?"

LAS IMPLICACIONES DE NINIVE

"Sí".

"¿Por qué?"

"¿Por qué?" repitió Rick, incrédulo. "¿Por qué?"

"¿Sí, por qué?

"Bueno, *porque sí*. Porque estamos casados y se supone que somos 'uno'—una carne y un corazón. ¿Estás diciendo que ella no tiene que amarme? ¿Qué esa es mi suerte, y sobrellévala? Si es así, yo no estoy de acuerdo. ¡No es lo que el matrimonio debe ser!"

"Tienes razón, Ricky, eso no es lo que el matrimonio debe ser. Pero también es claro por lo que acabas de decir que no crees lo que le dijiste a Carol. Tu propio amor es contingente el amor de ella. Tú dices que estás dispuesto a ser 'uno', pero solamente si *ella* es. ¿Y si *tu* amor es contingente en *el amor de ella*, entonces por qué *su* amor no deberá ser contingente en *tu amor*?"

"¿Entonces qué es lo que dices, abuelo? ¿Que debo sonreír y ser feliz? Lo siento; no voy a hacer eso. No van a tomar ventaja de mí, ni Carol ni nadie más. Vi lo que eso es al verte a ti y mi abuela. Y no lo voy a tener de esa manera".

El abuelo Carson tomó una pausa por un momento y miró hacia el cielo. Una gota de sudor chorreó por su ceja, la primera señal de tensión que Rick había visto en él durante sus encuentros. Él sacudió su cabeza despacio. "Creo que no te puedo ayudar, Ricky", dijo él. "No estoy seguro de poder ayudarte".

Rick estaba a la defensiva nuevamente, pero este comentario lo liberó. "¿Qué quieres decir, abuelo?"

"Justamente lo que acabo de decir, mi muchacho. No estoy seguro de poder ayudarte. Quizá en otro tiempo", dijo él, parándose y volteando hacia Rick, "cuando estés listo". Trató de sonreírle a Rick.

"No. No te vayas. No estoy listo para que te vayas. Quiero entender esto. Por favor quédate. Lo siento por lo que acabo de decir. No quise decir eso, no realmente".

El abuelo Carson miró fijamente a los ojos de Rick. Al regresar la mirada, Rick vió por primera vez una tristeza profunda en sus ojos, como si lágrimas de toda una vida se hubieran estancado en un lugar muy profundo dentro de él.

"¿Qué pasa, abuelo?"

"Te quiero tanto, Ricky. De la misma manera que amo a tu Carol. Es más de lo que puedo soportar mirarlos a ambos sufrir. Y a las manos de cada uno—" Él terminó lo que estaba diciendo y miró a la extensión de Nínive. "Y tus hijos también—Alan, Eric, Anika, y Lauren—no te dejes estar engañado por sus sonrisas y silencio, Ricky; ellos saben lo que está pasando, en particular Alan y Eric".

Rick sintió como si le hubiera pateado el estómago.

"Ellos han escuchado muchas de tus discusiones al pretender estar dormidos, quizá como tú escuchaste cosas no intencionadas para tus oídos cuando te quedabas conmigo y la abuela". Él le dio a Rick una mirada de conocimiento.

"Han pasado muchas noches en lágrimas por lo que han escuchado", continuó él. "Están confundidos y preocupados, Ricky. No tienes idea del dolor que ellos sienten. Lo esconden muy bien porque te quieren mucho.

"¿Sabes que ansiosos están de verte cada noche?" él preguntó.

Rick asintió, distraído.

"Tú crees que están felices de verte. Y lo *están*, por seguro, pero hay más que eso. Están tratando de mantener a la familia junta, y hacen esto en parte para mantenerte unido a ellos. Hay desesperación y amor en sus brazos y dedos".

Las memorias de esos ansiosos abrazos inundaron la mente de Rick y casi aumentó doblemente el dolor de Rick al sentir los prolongados abrazos nuevamente. Él podía sentir el temor en esos abrazos, tal como dijo el abuelo. *¿Por qué no me di cuenta antes?*

"Cada oración que Alan y Eric han ofrecido en los últimos años se han centrado alrededor de ti, de Carol y en la familia", continuó el abuelo. "De hecho, es por ellos y sus oraciones que estoy aquí".

Rick no podía encontrar palabras que decir. Pensó en Alan y Eric, Anika y Lauren. *No podían estar realmente dolidos, ¿verdad?* esperó en desesperación. *Por favor, Señor, no permitas que estén lastimados.*

"Quizá puedas aprender algo al ver cómo sobrellevan ellos ese dolor", se escuchó la voz del abuelo. "El amor desesperado que demuestran a Carol y a ti, como una manera de mantener la familia junta, te puede ayudar con tu lucha si dejas que te ayude".

"¿Cómo?"

"Considera, Ricky, cómo tus hijos están contestando la pregunta del Señor, 'No tendré yo piedad de Nínive?' Como los marineros fenicianos, no han hecho nada mal, pero sufren por las maldades de otros. Y a pesar de que no han hecho nada mal—para merecer el dolor que sienten—te aman con todo el corazón. Desesperadamente oran por tu felicidad. Ruegan por la misericordia del Señor en tu nombre. Su amor no es contingente en ti ni en Carol. No falla en las dificultades.

"Cuando descubras porque es así", continuó él, "tu amor no será contingente, y experimentarás un amor que sólo has conocido fugazmente, un amor que perdura para siempre y no falla, a pesar de los aprietos y dificultades. Cuando descubras ese amor, descubrirás a una Carol que tampoco conoces. Tu respuesta a la pregunta del Señor entonces será la correcta, y la desesperación dará lugar a la esperanza y gozo".

14

ESPERANDO UNA RESPUESTA

El abuelo Carson esperó un momento por alguna clase de respuesta, pero Rick se quedó parado, pensando silenciosamente.

"Déjame ponerlo de esta manera, Ricky: Tus hijos están sufriendo terriblemente en tu hogar, igual que tú. Y aún pueden amar a aquellos por cuyas manos ellos sufren, mientras que tú luchas en hacerlo. ¿Por qué la diferencia, supones tú? ¿Cuál diferencia entre tú y tus hijos explicaría la diferencia en tu habilidad de amar?"

"Bueno, ellos son inocentes, abuelo", dijo Rick rápidamente. "No saben lo suficiente para entender mejor".

"¿Es tu manera la mejor manera, Ricky?" dijo el abuelo en una voz alta que parecía sobrepasar el viento. "¿Eres tú el que sabe la verdad? ¿Si tus hijos tuvieran más conocimiento, entenderían mejor, de no amar a aquellos que los maltratan? ¿Es *esa* tu repuesta? ¿Es *ese* el entendimiento que necesitan tus hijos?"

Los ojos del abuelo Carson lanzaron destellos de ira, y Rick se acobardó bajo el examen y la fuerza de la voz y convicción del abuelo.

"Quizá eres *tú* el que ya no sabe lo suficiente, Ricky. Quizá seas *tú* el que necesita la educación. Y quién mejor para enseñarte que aquellos que sufren a causa de ti".

Rick sintió las lágrimas que empezaban a brotar dentro de él, porque su abuelo estaba claramente decepcionado en él, y porque había decepcionado a sus hijos. Detuvo las lágrimas, satisfactoriamente a medias, mientras que sus párpados detuvieron las lágrimas para que no corrieran por sus mejillas.

"Dijiste que tus hijos eran inocentes", dijo el abuelo Carson, su voz ya vuelto a su volumen y cadencia normal. "Con esta declaración estás tan cercano de entender algo profundo y tan lejano a la misma vez".

Tomó una pausa por un momento. "Quiero preguntarte algo, Ricky. ¿Quién en las Escrituras viene a tu mente, de alguien que pudo amar a otros, aunque fue despreciado y abusado por ellos?"

"El Salvador, por supuesto".

"¿Te has preguntado alguna vez cómo pudo hacer esto?"

"Bueno, sí, pero no creo que podamos empezar a entender las razones. Él es el Hijo de Dios, después de todo".

"¿Entonces está en su linaje? ¿Fue por sus genes que pudo amar a aquellos que lo hicieron sufrir—es eso?"

"Bueno, no exactamente".

"No, no parece ser así, verdad, porque él ha dado el mandamiento de que no importa quienes sean nuestros padres y madres—debemos amarlos, así como él pudo hacerlo, a aquellos que nos desprecian y persiguen. Y si él nos manda que amemos de la misma manera, entonces es muy importante que entendamos por qué pudo hacerlo él, ¿no crees?"

"Sí", Rick contestó seriamente.

"Bueno, pensemos sobre esto. Cuando piensas sobre el Salvador y lo que hizo por nosotros, ¿que te impresiona más particularmente sobre él?"

"Todo", Rick dijo honestamente.

"Seamos más específicos".

"Está bien—bueno, él sufrió por todos nuestros pecados, como dijimos al hablar de Abigail y David".

"Sí, bien. ¿Qué más?"

"Él ama a toda la humanidad, santos y pecadores de igual manera".

"Sí, es correcto. Excelente. ¿Y que más?"

"Quizá la cosa más asombrosa es que él nunca hizo nada mal".

"Exactamente, Ricky, él nunca pecó contra nadie— incluyendo a aquellos que lo hicieron sufrir. Él nunca pecó".

El abuelo Carson bajó su cabeza para interceptar la mirada de Rick. "Ahora", él dijo, habiendo asegurado su mirada, "¿te das cuenta de algo similar en tus hijos?"

Rick meditó por un momento. "Sí. También ellos aman a los que los hacen sufrir", él se lamentó, su dolor regresando.

"Si, ellos lo hacen. ¿Alguna otra cosa?"

"Como Cristo, ellos no hacen nada mal contra mí ni Carol. ¿Es eso lo que quieres que diga?"

"Ricky, lo que tú *dices* es solamente marginalmente importante para mí. Lo que más me importa es cómo tú te *sientes* sobre lo que dices. Pero primero vamos a analizar tus palabras. ¿Recuerdas como dijiste que tus hijos 'son simplemente inocentes?'"

Rick asintió con la cabeza.

"Esto es lo que quise decir cuando dije que estás cerca de un entendimiento crucial y al mismo tiempo muy lejano: La diferencia más importante entre tú y tus hijos no es que tus hijos *sean inocentes*, pero que *son inocentes*—o sea, ellos no están haciendo nada mal hacia aquellos que están creando dificultades para ellos".

"¿Qué diferencia haría eso?"

"En verdad, que diferencia", su abuelo contestó pesadamente.

Rick titubeó. "No entiendo, abuelo. ¿Por qué sería esa una diferencia critica? ¿Y si es así, cómo puedo esperar que las cosas sean mejor de lo que son? No soy perfecto, sabes, y creo que nunca lo seré".

"Tampoco tus hijos son perfectos, Ricky. Pero sin embargo puedes encontrar ese tipo de amor en ellos".

"Entonces eso suprime lo que acabas de decir: Ellos son imperfectos, entonces tampoco son inocentes. No somos diferentes en ese respecto tampoco".

"Ah, ahora estamos en el punto", dijo el abuelo, casi para sí mismo. "Piensa en Jonás", dijo él, señalando más allá de la roca.

Rick se volteó para mirar a la figura flácida debajo de los palos. Allí sentado, todavía bajo el calor del sol.

"Él es un hombre amargado en este momento. Él cree que está en lo 'correcto'. De hecho, está tan convencido de eso, que está dispuesto de enfrentar al Señor. El suyo es la causa de la justicia. Entre tanto, la pregunta del Señor está en el aire. '¿No tendré piedad de Nínive?[47]'

"¿Qué supones que pasaría, Ricky, si Jonás dejara su agresividad y contestará, ambos en palabra y sentimiento, '¡Sí!'? ¿Supones que estaría sentado de la misma manera bajo esos palos? ¿Supones que su faz estaría aún amargada? ¿Supones que aún maldeciría el sol? ¿Supones que aún tendría los mismos sentimientos hacia Nínive?"

"No, probablemente no", Rick contestó.

"Su mundo cambiaría, ¿verdad?—no porque sería perfecto pero porque él se daría cuenta en ese momento que no tiene razón de clamar perfección en otros, que las esperanzas de él y de otros se encuentran enteramente en la misericordia, que no tiene derecho a nada y debe estar agradecido por todo. En ese momento no llegaría ser perfecto, pero *llegaría* ser inocente—inocente porque permitiría la ofrenda de misericordia del Señor brotar dentro de él y cambiarlo a un hombre nuevo, libre de las garras del pecado".

El abuelo se volteó hacia Rick. "Date cuenta de algo, Ricky. Jonás está sentado en esta colina pensando que el mundo mejoraría solamente si hubiera un cambio drástico en Nínive. David pensaba lo mismo sobre Nabal. Es por eso que empezó a caminar rumbo a Carmel—para imponer ese cambio drástico. Pero David descubrió por medio de Abigail que el cambio que significaba todo no era un cambio en Nabal sino un cambio en él—un cambio que es invitado por la pregunta del Señor. El Señor está ofreciendo el mismo descubrimiento a Jonás en este momento. Los cambios drásticos que nos imaginamos en Jonás no depende de Nínive. Jonás es infeliz por una razón y solamente por una razón, y no es por la razón que él piensa. Como David, él es infeliz y no por los pecados de otros sino por los de él.

"Este entendimiento es disponible sólo al meditar la

expiación del Señor, porque ninguna cantidad de maltrato ni sufrimiento fue capaz de quitar el amor de aquel que no tenía pecado. Por contraste, nosotros que aún luchamos con pecados, luchamos también 'para encubrir nuestros pecados' "[48]. Una manera de hacer esto es, el Salvador enseñó, por medio de encontrar pecados en otros. Las vigas que están en nuestros ojos nos hacen que busquemos la paja que está en otros[49]. Nuestro propio fracaso de amar a otros causa que miremos a los demás como no merecedores de amor. Entonces terminamos sentados abajo de nuestras propias enramadas—irritados, enojados, lastimados—echando la culpa por nuestra falta de amor a los niniveanos que estamos fracasando en amar. El Salvador, por contraste, sin pecados de aferrarse, cubrirse y excusarse, continuó libre para observar a toda la humanidad—a cada uno de nosotros niniveanos en nuestra pecaminosidad y con el dolor que le causamos—con misericordia y agradecimiento".

"Tus hijos contestan 'Sí' a la pregunta del Señor, Ricky. Ellos dan misericordia a los niniveanos en su hogar, al tirar sus brazos alrededor de Nínive cada noche. El secreto de su amor no es su naiveismo—el hecho de que son, como dijiste, simplemente inoc*entes*—pero más bien su inoc*encia* del pecado. Inocentes de pecar contra ti, no hay pecados que tengan que cubrir y excusar, y por lo tanto, ningún pecado tuyo los podría detener de amarte.

"La pregunta para ti es ¿cuales pecados hacia Carol te detienen para poder amarla? ¿Cómo estás demandando justicia y al mismo tiempo niegas la misericordia? ¿De que manera estás sentado agresivamente bajo los palos de tus propios resentimientos? ¿Cómo eres tú el autor de tu propia desesperación? Si te permites descubrir las respuestas a esas preguntas, tú, con tus hijos, contestaría '¡Sí!' a la pregunta del

Señor, y redescubriría a una Carol que es mucho menos como Nínive como tú crees—una Carol la cual tus hijos aman igual que te aman a ti".

Su abuelo se limpió su ceja y miró al este hacia las montañas. "Es hora de irme, Ricky. Te dejo ahora con Jonás, y con su pregunta. La cuidad ante ti, tan malvada como Jonás piensa que es, es salvada. ¿Serás *tú*? ¿Será él? Eso dependerá enteramente de cómo tú y él miran a los otros niniveitas en tus vidas".

"Tengo fe en ti, hijo", añadió después de una pausa. "Sabes lo que es correcto, y encontrarás la manera. Yo sé que lo harás".

"Gracias, abuelo. Espero que estés en lo correcto. No estoy seguro".

Su abuelo tomó a Rick en sus brazos en un cálido abrazo, de la manera que lo hacía cuando Rick iba de regreso a su hogar después del verano en su granja. "Adiós, hijo".

"Adiós, abuelo. ¿Te veré después?"

"Quizá".

"Espero que sí". Rick se mordió los labios para que no brotaran las lágrimas.

El abuelo Carson se sonrió, asintió con la cabeza, y dijo, "Me gustaría tanto eso, pero mi más grande esperanza es que mires a Carol otra vez—como lo hacías antes, como la ve el Señor, como ella *es*".

Con eso, su abuelo se fue hacia las montañas. Tomó una pausa en lo alto de la siguiente montaña al este, y dijo, "Recuerda la pregunta del Señor, Ricky. Y recuerda que nadie es más niniveita que tú".

Y después se desapareció. Rick estaba solo con Jonás en la colina, el sol golpeándolos sin misericordia en sus cabezas.

PARTE III

LAS CADENAS
DEL PECADO

15

UN NUEVO DÍA

Rick miró de reojo, a medida que la luz del día entraba por la ventana. La tormenta finalmente había pasado. Carol ya se había levantado y probablemente estaba en su caminata mañanera. Miró más allá de donde ella normalmente dormía hacia el reloj en la mesita de noche. Eran las 7:50 de la mañana. Le entró el pánico por un momento hasta que recordó que era sábado. Despojándose de las cobijas, él descansó bajo las sábanas y miró hacia el cielo.

El ayer parecía como muy lejano. Había pasado tanto en la noche que Rick estaba luchando para juntar las piezas. ¡Y tenía tanto que juntar! Él recordó el consejo de su amigo sobre las impresiones en la mañana, y se levantó de la cama para encontrar papel. Habiendo encontrado papel en la mesita de noche, se reclinó en la cama y empezó a examinar lo que había visto.

Las historias de Abigail y Jonás le daban vueltas en la cabeza. Él sentía que sus mensajes estaban conectados, pero le costaba un gran esfuerzo poner todas las piezas juntas. Buscaba la lógica.

Pensaba en la misericordia y la justicia, de sentirse con agradecimiento y de tener derecho. Él revivió la escena en el camino a Carmel y recordó a Jonás en el barco y bajo la enramada. *Abigail fue un tipo de Cristo*, él recordó. Él recordaba que su abuelo dijo que su historia ilumina la expiación del Señor de un ángulo diferente del que normalmente pensamos. *¿Pero de que ángulo es ese?* Se esforzaba por recordar. *Oh, sí, que el Salvador ha pagado completamente por los pecados de otros, ese era el punto—que sería de mucha ayuda pensar más a menudo de cómo ha pagado por los pecados de otros, más bien que hacer hincapié de cómo pagó por nuestros propios pecados.*

¿Qué vemos en la expiación si la miramos de ese ángulo? Entonces recordó como Abigail, en su papel de pacificadora, clamó los pecados de Nabal y preguntó a David que *la* perdonara. *¿Cómo podía retener el perdón de ella?* Y ese era el punto, porque no lo hizo.

Entonces había el asunto de cómo Abigail proveyó a David con todo lo que necesitaba, de esta manera expiando por los pecados de otros e hiciendo a David íntegro. *Sí, es correcto*, se aseguró. *Eso tiene sentido. ¿Pero qué de Jonás? ¿Qué tiene que ver su historia con Abigail?*

Rick estaba confundido. Pero después se dio cuenta que, por supuesto, las historias de Abigail y Jonás eran cada una sobre como extender la misericordia y por lo tanto intercedieron en ese punto. *¿Pero cómo iluminan diferentes aspectos de la misericordia?* se preguntaba. Rick continuó de esta manera por unos minutos y después trató de escribir sus pensamientos en una manera lógica—de una forma que pudiera entender y recordar. Estaba genuinamente excitado, unos cuarenta y cinco minutos después, cuando miró lo que había escrito:

La expiación de Cristo y su misericordia

1. Cada uno de nosotros somos pecadores, teniendo derecho a nada sino al infierno y por lo tanto totalmente e igualmente dependiendo de las misericordias del Señor. (Jonás)

2. Puedo recibir de la misericordia del Señor—la felicidad, curación y la paz que trae consigo—sólo al grado de que yo la extienda a otros. (Jonás)

3. El Señor remueva misericordiosamente cualquier justificación de fracasar al extender la misericordia a otros. (Abigail)

    a. Porque el Señor ha tomado los pecados sobre su cabeza y personalmente expió por ellos. (Abigail)

    b. ¿Qué posible justificación podría haber para demandar más por los pecados de otros que lo que el Señor ha dado? (Abigail)

4. Puedo recobrar la misericordia al recordar: (a) la ofrenda de Abigail, (b) la pregunta del Señor a Jonás, y (c) mis propios pecados, la memoria de la cual me acerca al Señor y me invita a redescubrir su misericordia y paz.

5. Si me arrepiento de fracasar de extender la misericordia, el Señor me proveerá con todo lo necesario y más—me dará su amor, su compañía, su entendimiento, su apoyo. Él hará mis cargas más ligeras. (Abigail)

Rick leyó y releyó lo que había escrito. Al hacerlo, sintió una esperanza dentro de él que no había sentido en meses, si no es que en años. La felicidad todavía era una posibilidad, y tenía que ver más con él de lo que se había imaginado.

Él podía escuchar la televisión en el piso de abajo. *Los niños deben estar despiertos.* Saltó de la cama, se vistió, y dobló el papel, poniéndolo en su bolsa. Era tiempo de juntarse nuevamente con la familia.

16

LA TORMENTA REANUDADA

El cuarto familiar era un desastre. Anika y Lauren estaban mirando caricaturas. Habían hecho una cama en medio del cuarto con las almohadas de ambos sofás. La silla para la lectura estaba boca abajo, y era el apoyo central de una carpa que utilizaba por lo menos cinco cobijas y cubría desde el fondo hasta el medio del cuarto. Piezas de un rompecabezas—el pasatiempo favorito de Anika—estaban tiradas por todo el cuarto hasta la cocina.

"Hola, niñas. ¿Un poco de desorden aquí, ah?"

Se quedaron pegadas a la televisión y no dijeron nada.

"Anika, buenos días".

"Hola, papá".

Pero sin dejar de ver la televisión.

"¿Dormiste bien?"

"Sí".

Todavía 100 por ciento en la televisión.

"¿En donde están los muchachos?"

No hubo respuesta.

"¡Anika! Los muchachos—¿en dónde están?"

"Abajo", ella contestó, sus ojos sin expresíon.

Anika aún no volteaba a mirarlo, pero Lauren volteó y le dio una gran sonrisa traviesa. "Hola, papi".

Rick no pudo resistir sonreír. "Hola, cariño. ¿Dormiste bien?"

"Ah huh". Levantó las cejas, torció sus ojos hacia un lado y arriba y miró hacia el techo.

"¿Recuerdas haber venido a mí anoche?"

"Sí". Su pequeña lengua casi se asomaba por su cachete.

Rick casi se rió. Nadie podía decir tanto y al mismo tiempo decir tan poco. "Voy a ir a buscar a los muchachos, ¿está bien, cariño?"

"Está bien, papi", ella dijo alegremente, antes de voltearse a ver la televisión. "Voy a ver mi programa". Rick bajó los escalones hacia el sótano sonriendo.

Alan y Eric estaban sentados enfrente al televisor del sótano jugando juegos de video.

"Hola, muchachos".

"Hola, papi", dijeron ellos, casi en unísono. Igual que Anika, tenían los ojos pegados a la pantalla.

"¡Ya te tengo!" Alan gritó a Eric.

"¿Sabes dónde está tu mamá?" interrumpió Rick.

"Está en casa de los Murray".

"¿Qué está haciendo allá?"

"¡Oh, no puedo creerlo, no es justo!" Alan gritó, codeando a Eric, que sonreía con satisfacción.

"Alan, ¿qué está haciendo allá?" Rick repitió.

"Necesitaban alguien para cuidar a los niños por un rato",

él contestó como si estuviera en autopiloto. "Creo que el señor y la señora Murray tuvieron que ir al aeropuerto o algo así".

"*¡Toma esto!*" le dijo a Eric, puntuando las palabras con un tirón a los controles.

Los Murray siempre necesitan algo, pensó Rick. Y Carol nunca podía decir que "No", así que hacía demasiado por ellos—más de lo que *debía* hacer por ellos. Y muy a menudo, más de lo que estaba dispuesta a hacer por *él,* pensó él.

"¿Quién está ganando?" preguntó Rick.

"¡Yo!" cada uno gritó en unísono.

"Yo tomo al ganador".

Una hora después más o menos Rick podía escuchar los pasos de Carol en la cocina en el piso de arriba. "Hay que terminar aquí, muchachos. Mamá llegó".

Al subir las escaleras, Rick se sentía un poco aprensivo, aunque no estaba seguro por qué. Él pensaba que quería verla, pero ya podía sentir querer evitar su mirada. Tuvo que forzar una sonrisa un poco cuando entró a la cocina.

"Hola, Carol", dijo él sin poder llamarla "cariño" como era su expresión común de ellos.

"Hola".

"¿Entonces estabas con los Murray?"

"Sí. Llamaron anoche y dijeron que necesitaban ayuda".

Rick nada más asintió.

"No pude hacer nada al respecto, Rick. Necesitaban ayuda".

"Yo no dije que no la necesitaban".

"No, pero lo estabas pensando".

"No estaba", Rick mintió. "Pero siempre parecen llamarte, ¿no?"

"¿Y que? Creo que debemos ser más considerados con otros de lo que somos".

Estaban a sólo veinte segundos en su día juntos y Rick, a pesar de toda la epifanía de la noche anterior, podía sentir muchos de sus sentimientos comunes burbujeando dentro de él. "Entonces tampoco lleno tus estándares de consideración".

"No dije eso".

"Al contrario, no podías ser más claro".

Carol sacudió su cabeza en disgusto.

Entre tanto, Alan y Eric se detenían en el último escalón de los escalones mientras escuchaban a sus padres. Ahora entraron al cuarto calladamente y caminaron hacia donde estaban sus hermanas para acompañarlas en el salón familiar.

"¿Cuál es tu problema, Rick?" ella dejó escapar, una vez que los muchachos se sentaron en el otro cuarto.

"Oh, eres imposible, Carol. Siempre es *mi* problema, ¿qué no? Nunca soy lo suficientemente bueno, ¿verdad?"

"No dije eso. Deja de decir eso".

"Si no te gusta escucharlo, ¿cómo piensas que *yo* me siento?"

"No tengo idea de cómo te sientes", dijo con enojo. "Nunca me dices. Si no saco a relucir las cosas, juro que nunca hablaríamos".

"Si esto es lo que quieres decir con hablarnos, creo que estaríamos mejor sin hacerlo, ¿no piensas?"

A eso, Carol subió los escalones muy molesta.

Rick se quedó en la cocina, sus manos estremeciendo con coraje, su corazón nuevamente llenado de desesperanza.

17

UN RAYO DE LUZ

Aparte de la televisión en el otro cuarto, la casa estaba ahora en un silencio completo—no un silencio accidental, pero un silencio a propósito, temeroso y motivado.

Carol estaba en algún lugar en el piso de arriba—quizá enterrada atrás de la ropa en el armario, como antes Rick la había encontrado. En dondequiera que se encontrara, seguramente se encontraba compadeciéndose terriblemente. *Siempre compadeciéndose,* dijo Rick con rabia. *Nunca compadeciéndose de los demás, solamente por ella.* Él apretó los dientes con coraje, completamente ciego de su propia autocompasión.

"¿Papi?"

Era Lauren, asomándose sobre el mostrador en la cocina. Rick no la había escuchado acercarse.

"Papi", dijo tímidamente, "¿se mejorarán las heridas?"

"¿Las heridas? ¿Qué quieres decir, cariño?"

"¿Se mejorarán las heridas de mami?"

"¿Las heridas de mami?" Rick repitió débilmente.

"Sí, en su corazón. Ella me enseñó. ¿Va a estar bien, papi?"

Las palabras titubeantes y ojos preocupados derritieron a Rick. Sintió el coraje drenarse dentro de él, y se sentó en el piso y la tomó en sus brazos.

"Claro que sí, cariño", dijo él, acariciando su pelo enredado. "Las heridas de mami van a estar bien". Sus palabras estaban seguras pero no su corazón. Quería tanto a sus hijos, pero se sentía perdido una vez más.

Rick abrazó a Lauren por un largo tiempo, acariciando su pelo. "Mami tiene suerte de tener una hija como tú, ¿verdad?" dijo finalmente.

Lauren asintió en una manera más tranquila de lo que era natural para ella.

"Ve a jugar con Anika y tus hermanos. Todo va a estar bien".

Lauren obedientemente hizo lo que se le pidió, y Rick sacó el papel doblado de su bolsillo.

Esto no me ayuda mucho, él pensó con disgusto, al releer las palabras que había escrito esa mañana.

1. Cada uno de nosotros somos pecadores, con derecho a nada más que al infierno y por lo tanto absolutamente e igualmente dependiendo de las misericordias del Señor. (Jonás)

Bueno, yo entiendo eso, él pensó.

2. Puedo recibir la misericordia del Señor—la felicidad, curación y la paz que trae consigo—sólo al grado de que yo la extienda a otros. (Jonás)

¡Pero no es justo! ¿Qué de la misericordia de Carol? Pero después él leyó el siguiente punto.

3. Él Señor remueve misericordiosamente cualquier

justificación de fracasar al extender la misericordia a otros. (Abigail)

    a. Porque el Señor ha tomado los pecados de otros sobre su cabeza y personalmente expió por ellos. (Abigail)

    b. ¿Qué posible justificación podría haber para demandar más por los pecados de otros que lo que el Señor ha dado? (Abigail)

    Rick cerró los ojos y recargó la cabeza contra la alacena. *"Perdóname esta ofensa"*. *Eso es lo que el Señor está diciendo aquí. "Perdóname esta ofensa"*. Recordó la rigidez de David al estar frente a Abigail. Recordó ver la tensión salir de las manos y cara de David, y la tranquilidad y serenidad que la reemplazó. David había sido penetrado por Abigail y por su ofrenda. Había estado dispuesto dejarlo. *¿Por qué no puedo yo?* lloró por dentro. Y, refiriéndose a Carol, *¿por qué no puede ella?*

    Pero la historia de Jonás dice que no es acerca de los demás, Rick luchaba por dentro. Tal como tampoco era sobre Nabal. Mi paz no es determinada por los demás—sean justos o no—sino por mí mismo. Más bien, mi paz es determinada por si yo vengo a Cristo. Porque cuando vengo a él, él me bendice con su misericordia, y tomando esa misericordia yo encuentro paz. Ya sea que otros vengan a Cristo—Nínive o Nabal, por ejemplo—determinará su paz pero no la mía.

    ¡Pero ella lo hace más difícil! se dijo a sí mismo. *Sería más fácil venir a Cristo si ella fuera diferente.*

    ¿Sería más fácil? escuchó una voz dentro de él.

    Sí, absolutamente.

    ¿Es eso lo que el Libro de Mormón enseña—que las personas vienen al Señor cuando la vida es más fácil?

    Los hombros de Rick se desplomaron. Tuvo que asentir—

eso no es lo que el Libro de Mormón enseña. Los nefitas vinieron al Señor cuando las cosas eran más difíciles y sus cargas más grandes.

Pero ella todavía hace las cosas más difíciles, ¿verdad? Rick se preguntaba, casi suplicando.

"Parece ser así porque encuentras más fácil pecar hacia aquellos que pecan contra ti. Pero es tu pecado, no el de ellos, que es la fuente de tu lucha. Carol no te pude alejar de mí. Solamente tú puedes".

Esta voz vino de dentro de él, pero no era su voz, ni la del abuelo. Era un rayo de luz que vino de otra parte.

"Tu amor falla. El mío nunca. Ven, desecha tus pecados y toma de mi amor".

Rick se sentó aturdido en el piso de la cocina. Hacía años desde que había sido dirigido directamente por el Espíritu, y casi se le había olvidado como se sentía.

Entonces si encuentro difícil venir al Señor, es por mis propios pecados. Rick meditó en esa verdad, y se dio cuenta que eso fue lo que el abuelo le había enseñado. Sus hijos amaban incondicionalmente, debido a su propia pureza del pecado, a pesar de los problemas que él y Carol estaban creando. Y Cristo, que sufrió a las manos de cada alma, sin embargo nos ama perfectamente, y esto es porque él era perfectamente libre del pecado.

Rick miró las notas que había escrito:

4. Puedo recobrar la misericordia al recordar: (a) La ofrenda de Abigail, (b) la pregunta del Señor a Jonás, y (c) mis propios pecados, la memoria de la cual me acerca al Señor y me invita a redescubrir su misericordia y paz.

Mis propios pecados, se repitió a él mismo. *¿Cuales pecados* *me alejan de Carol y por lo tanto del Señor? Bueno, creo que todos, me supongo.*

"Sí, Ricky, ellos te alejan", se escuchó una voz, "¿pero entiendes como lo están haciendo?"

El abuelo Carson estaba sentado a la cabecera de la mesa de la cocina.

18

CADENAS

No me esperabas nuevamente?" el abuelo preguntó cuando miró la expresión de sorpresa de Rick.

"Pues, no en mi *cocina*".

El abuelo sonrió. Traía consigo un libro viejo y grande, el cual le dio a Rick, abierto a una hoja en particular.

"Hay algo que quiero que leas", dijo él.

Rick se levantó y se sentó con él en la mesa. Después de una inspección más cercana, "viejo" no describía adecuadamente el libro. Estaba en perfecta condición, como si fuera nuevo, y al mismo tiempo parecía eterno.

"Adelante, míralo", imploró el abuelo Carson.

Las páginas parecían estar hechas de una clase de papel que Rick nunca había visto antes, si es que estaban hechas de papel. Las páginas eran suaves al tacto, y tan livianas que parecían flotar. En este respecto, eran como plumas. Pero al mismo tiempo tan limpias, sólidas, y pesadas que Rick tenía la impresión que ningún viento de este mundo, no importa que tan fuerte fuera, pudiera hacer crujir ninguna hoja.

Al mirar Rick la página, dos cosas le parecían muy curiosas. Primero, aunque la página parecía ser más delgada que cualquier otra en un libro regular, al leerlo parecía ser de infinita profundidad, las palabras parecían flotar en la superficie de un cosmos entero. Segundo, una línea hacia arriba y a la izquierda se iluminaba y parecía flotar de la hoja. *¿O estaban las palabras flotando alejándose de él, a las profundidades de la hoja?* Rick no estaba seguro, pero la oración captó su mirada y atención y al empezar a leer, sintió ser llevado hacia ellas—ya sea al pasaje, o a lo que estaba debajo, o ambos.

Decía: "¡Ay! ¡Ay de los habitantes de la tierra!"[50]

Las palabras estaban físicamente jalonándolo, como si estuvieran atarándolo, como una cabina de un tren que cumple fielmente con su deber de seguir la línea enfrente de ella. Se apresuró para encontrar la página (o la página rápidamente sumergió el cuarto; no estaba seguro de cual), y en el momento se sintió como si él se hubiera unido al pasaje, y con él se había hundido a las profundidades más allá de las palabras. Las palabras ahora se le presentaban, y la lectura ya no era necesaria, o por lo menos leer como él estaba acostumbrado. Podía sentir, oír, y casi tentar las palabras. Estaban llenas de vida y estaban por dondequiera alrededor de él, y dirigían su mente a algo más allá—algo que estaba lentamente enfocándose.

Las palabras continuaban—

Y vio a Satanás; y éste tenía en su mano una cadena larga que cubrió de oscuridad toda la faz de la tierra[51].

Rick podía ver una sombra debajo de él, una oscuridad que

le dio escalofrío hasta sus huesos y un ser que Rick podía describir como el coraje personificado, sus ojos negros funestos, su cara con una sonrisa diabólica. En sus manos llevaba una cadena, cada eslabón más grande, oscuro, y más nocivo que el anterior. Pero más a la distancia, mas allá que los ojos de Rick normalmente pudieran ver, Rick podía ver que las partes distantes de la cadena no era una cadena, sino un cordón de seda, fino, suave y atractivo.

Y los lleva del cuello con cordel de lino, hasta que los ata para siempre jamás con fuertes cuerdas[52].

Y he aquí, os digo todos que esto fue una trampa del adversario, la cual ha tenido para entrampar a este pueblo, a fin de sujetaros a él para ligarnos con sus cadenas y encadenarnos a la destrucción sempiterna, según el poder de su cautiverio. Entonces el diablo los lleva cautivos y los guía según su voluntad hasta la destrucción[53].

Rick repentinamente se sumergió en la oscuridad debajo de él. Se encontraba en la tierra entre la multitud en una neblina de oscuridad. Algunos reían, otros lloraban, y otros caminaban en severo silencio. Todos, sin embargo, se movían, aun aquellos que creían que no. La neblina se movía, y todo dentro de ella, se movían con ella. Todo era muy curioso, como si la gente estuvieran incrustados en la neblina—fueran *parte de* la neblina—y se movían en unísono con ella.

"¿Por qué no luchan contra ella?" Rick se preguntaba. *¿Por qué simplemente la siguen?*

Si la luz que hay en ti es tinieblas, ¡cuán grandes no serán esas tinieblas![54] Se escucharon las palabras. *Esto es lo que significan las cadenas del infierno*[55].

Porque he aquí, en aquel día él enfurecerá los corazones de los hijos de los hombres y los agitará a la ira contra lo que es bueno. Y a otros los pacificará y los adormecerá con seguridad carnal. Y así el diablo engaña sus almas, y los conduce astutamente al infierno[56].

Rick miró intensamente a la multitud. Le llamó la atención que de aquí a allá el suave ondeo del cordel de lino que había visto unos momentos antes, cayendo sobre las personas ante él como la línea de un maestro pescador de peces. Las personas nunca se encogieron bajo el toque del cordel. Parecían no darse cuenta de su presencia.

Rick se enfocó más y se dio cuenta, para su asombro, que la neblina de oscuridad estaba hecha enteramente de este cordel que se remolineaba entre los hijos de los hombres. Arriba de su cabeza, el ondeo de la neblina gris se oscurecía a un ritmo constante hasta formarse en un embudo de oscuridad metálica en los cielos, terminando finalmente en el agarre de esta mano inmensa que había visto antes.

Y [Satanás] miró hacia arriba, y se rió, y sus ángeles se alegraron[57].

"¡No!" Rick gritó a la multitud, al empezar a correr hacia ellos. "¡Despierten!"

Al mismo momento, las palabras del libro también gritaron a la multitud,

¡Oh que despertaseis; que despertaseis de este profundo sueño, sí, del sueño del infierno, y os sacudieseis de las espantosas cadenas que os tienen atados, cadenas que sujetan a los hijos de los hombres a tal grado que son llevados cautivos al eterno abismo de miseria y angustia![58]

Porque el reino del diablo ha de estremecerse, y los que a él pertenezcan deben ser provocados a arrepentirse, o el diablo les prenderá con sus sempiternas cadenas—de las cuales no hay rescate—y perecerán[59].

"¿Sabes el significado de lo que estás viendo?"

Rick se sobresaltó al escuchar la voz, que pertenecía al abuelo, que estaba parado a un lado de él.

"Van hacia su muerte espiritual, abuelo", exclamó Rick, haciendo una señal hacia la multitud, "¡y ni siquiera lo saben! No escuchan. No oyen".

"Tienes razón, Ricky".

"¿Pero por qué?"

"Dime tú a *mí*, Ricky. ¿Por qué no escuchas *tú*? ¿Por qué no oyes *tú*?"

"¿Qué quieres decir?"

El abuelo giró su brazo como despidiendo a la multitud enfrente de él, y repentinamente estaban de nuevo en la cocina de Rick. Él y Carol estaban en medio de la discusión que habían tenido esa mañana. Rick hizo una mueca al mirar como actuó y escuchar lo que había dicho. Era peor tener que ser testigo de esto junto al abuelo. Después que Carol subió la escalera, el abuelo volteó a verlo, su mirada solemne, no con desilusión, pero le parecía a Rick que con amor.

"Sabes mejor que esto, Ricky, y de toda manera lo hiciste, de hecho, en ese tiempo, te sentías bastante obligado a decir lo que dijiste, ¿verdad? a pesar de lo que has visto y escuchado".

Era verdad. Desde el momento que Rick subió las escaleras para ver a Carol, al momento que ella subió las escaleras enojada, Rick se sintió fuera de control, casi como si le faltara la capacidad de escoger otra cosa, de escoger la civilidad, calma y compasión.

"Hay una razón por la que te sentiste de esa manera, y una razón por lo que crees que es imposible de seguir las notas que escribiste en ese papal en tu bolsillo del pantalón".

Rick estaba muy interesado en lo que iba a decir el abuelo ahora, e inconscientemente se inclinó hacia delante con anticipación.

"Si hubiera mirado más atentamente, Ricky, te hubieras visto entre la multitud que acabas de ver, tal como te viste entre los hombres de David en el desierto de Paran".

Rick estaba sorprendido.

"Has visto tu propia situación, Ricky. Los hilos de lino te han estado acariciando por años, te han estado envolviendo alrededor de tus pensamientos, tus sentimientos, tus memorias, tus deseos. Habiéndolas saboreado—al ser hasta alabado por ellos—al hacer esto, has ofrecido a otro las riendas de tu corazón".

Un escalofrío le recorrió por la espalda que le acordó de la risa aguda que escuchó cuando Satanás y sus huéspedes se regocijaban por la situación del hombre.

"¿Cómo me puedo escapar de eso?" Rick preguntó seriamente, casi susurrando.

"Al seguir tu propio consejo—al despertar. Al sacudir las terribles cadenas que te atan".

"¿Pero cómo puedo hacer eso?"

El abuelo le dio una larga mirada. "Quizá debamos trabajar juntos para entender que son las cadenas y como son forjadas".

"Enséñame, abuelo. Quiero saber".

La resistencia y las defensas de Rick se habían esfumado.

Ahora, él nada más quería entender.

19

EL ALBEDRÍO EN BALANCE

Has sido enseñado bien por tus padres, sobre la vida premortal del hombre, y de cómo hubo una gran batalla en los cielos entre aquellos que siguieron el plan de nuestro Padre Celestial, guiados por Jehová, y por aquellos que se alinearon con el disidente, Lucifer".

Rick asintió con la cabeza.

"¿Recuerdas sobre que era la batalla?" preguntó el abuelo.

"Por supuesto. Por dos cosas, realmente—por el orgullo de Satanás y el albedrío del hombre".

El abuelo Carson esperó que dijera más.

"El plan de salvación era proveer a la humanidad con cuerpos, y darnos la oportunidad de crecer, para llegar a ser como nuestros Padres Celestiales. Vendríamos a la tierra, se nos pondría un velo sobre las específicas memorias de nuestra existencia anterior, para ver si seguiríamos nuestras intuiciones espirituales, y por medio de la fe si aprenderíamos a obedecer los mandamientos de Dios".

LAS CADENAS DEL PECADO

"Lucifer quería negarnos nuestro albedrío", continuó Rick. "Él quería el poder de guiarnos a su propia voluntad, *obligarnos* a hacer lo que necesitaríamos en orden de recibir salvación. Y después quería la gloria por hacer este esfuerzo. Muchos de los huéspedes del cielo lo siguieron en la batalla contra Jehová, Miguel, y los otros hijos espirituales de Dios. Moisés, Isaías y Juan el Revelador escribieron sobre esto".

"Bien, Ricky. Entonces déjame preguntarte algo. Dices que esta batalla premortal fue sobre el albedrío, y estás correcto en eso. ¿Pero que es para ti el albedrío?"

"La habilidad de escoger".

"¿La habilidad de escoger qué?" Respondió el abuelo.

"¿No es solamente la habilidad de escoger entre opciones, y de tomar esas decisiones nosotros mismos, sin compulsión?"

El abuelo empezó a hojear el libro que Rick había estado leyendo. "Aquellos que han estado encarcelados", dijo él, "aquellos con impedimentos físicos, aquellos que son pobres—hay muchas cosas de las que no pueden escoger. ¿Quiere decir esto que carecen de albedrío?"

"No, no creo que diría eso", Rick contestó, pensándolo muy bien. "Aún tienen la habilidad de escoger, aunque sus opciones sean limitadas".

El abuelo Carson puso su dedo en el libro, aparentemente para no perder la página. "Quiero que pienses más profundo, por un momento, Ricky", él dijo.

"Está bien".

"Supongamos que un hombre está amarrado tan fuerte que no puede mover ningún miembro de su cuerpo. Supongamos también que sus ojos quedan abiertos sujetados y su boca está cerrada con cinta adhesiva. Lo único que puede hacer es sentarse; no tiene ninguna otra opción. ¿Carece de albedrío, de la manera que se utiliza ese término en las Escrituras?"

Rick consideró esto cuidadosamente. "Me supongo que sí".

"¿Realmente?"

"Me supongo que dirías que no".

El abuelo sonrió.

"Es correcto, Ricky, eso es lo que diría. Este hombre tendría el mismo albedrío como el hombre más libre en la calle. La razón de por qué es que el albedrío no se refiere generalmente a la habilidad de escoger—nuestras decisiones después de todo siempre están atadas a ciertas limitaciones. Mejor dicho, el albedrío tiene que ver con una decisión en particular. El albedrío, como se utiliza en las Escrituras, es la capacidad de escoger a quién seguiremos—al Señor de luz o al Señor de la oscuridad. Esta es la decisión que estuvo en cuestión en el mundo premortal. Y esta es la misma decisión que tenemos aquí, aun cuando estamos atados y amordazados".

"Está bien", dijo Rick pensativamente. No estaba seguro adonde el abuelo iba con este pensamiento.

"En realidad", el abuelo Carson continuó, "es una decisión que podemos retener, aun cuando estemos atados o amordazados, porque podemos ejercitar nuestro albedrío de tal modo que también podemos perderlo. Parte de tener el albedrío es tener el albedrío de dejarlo".

"¿Cómo podemos dejarlo escapar?"

"Al darle a Satanás la capacidad de agarrar nuestros corazones, que nada más que los meritos del hijo de Dios puede liberarnos", contestó el abuelo.

Rick pensó profundamente, tratando de procesar las implicaciones, pero el abuelo rápidamente continuó.

"La guerra sobre el albedrío no se terminó en el mundo premortal, Ricky. Satanás tuvo la misma guerra ante el árbol en el jardín de Edén, una guerra que continúa hasta este día, y una guerra que la mayoría de la humanidad está perdiendo".

"Mira", dijo él, ofreciéndole el libro nuevamente. "Lee".

Después hubo una gran batalla en el cielo, empezaba el libro. *Miguel y sus ángeles luchaban contra el dragón; y luchaban el dragón y sus ángeles; pero no prevalecieron*[60].

Esta vez las palabras se enterraron profundamente en Rick y hablaron directamente a su alma.

Pues, por motivo de que Satanás se rebeló contra mí, y pretendió destruir el albedrío del hombre que yo, Dios el Señor, le había dado. Y que también le diera mi propio poder, hice que fuese echado abajo por el poder de mi Unigénito; y llegó a ser Satanás, sí, el diablo, el padre de todas las mentiras, para engañar y cegar a los hombres y— las palabras resonaban dentro de él—*llevarlos cautivos según la voluntad de él, sí, a cuántos no quieran escuchar mi voz*[61].

Entonces Rick escuchó lo que había escuchado antes. *Esto es lo que significan las cadenas del infierno*[62]. Y se percató una vez más de la gran cadena que oscurecía la tierra.

Rick dejó de leer esa página del libro. "Entonces Satanás todavía trata de controlarnos, llevarnos cautivos—eso es lo que quieres decir, ¿verdad?" Pero Rick no esperó una respuesta. "Y eso es lo que miré antes", añadió él, "las multitudes siendo llevadas cautivas a su voluntad—atadas por su propia cuerda y cadena".

"Sí, Ricky. El plan premortal de Satanás para la humanidad

era llevarnos cautivos a su voluntad en orden de salvarnos. Después de ser echado, su plan llegó a ser llevarnos cautivos a su voluntad para destruirnos. En este sentido—la destrucción de nuestro albedrío por medio de la cautividad de nuestra voluntad—su plan no ha cambiado desde el principio. El hilo y cadena que has visto—y tu propia vida—es prueba de ello".

Rick, que estaba parado en donde había estado observando su propia discusión con Carol, se derrumbó en la silla que estaba a su lado. "¿Qué quieres decir, 'mi propia vida es prueba de ello'?"

"Tú y Carol están cayendo hacia un fin impensable, cada uno tan cometido a la justicia de su propio curso que te rehusas a voltear hasta que sea demasiado tarde. ¿No es eso lo que pensaste anoche?"

Rick recordó pensar eso, aunque no podía recordar cuando lo dijo.

"Tus sentimientos hacia ella se han vuelto fríos, tal como los de ella hacia ti. Cada uno siente como una pérdida total poder cambiar esos sentimientos. Tú ya no estás seguro si tal cambio es aun posible, la indiferencia se extiende sobre ti tan rápidamente y tan completamente. Cuando escuchaste sus pasos en la cocina esta mañana, era como si toda la atmósfera de tu mañana cambió. Su presencia misma oscureció tu humor. ¿Estoy en lo correcto?"

El abuelo Carson miró seriamente a Rick, que tenía la mirada fijada hacia el piso.

"¿Si esa no es prueba de la pérdida del albedrío y de las cadenas del pecado, entonces que es? Estás encerrado en una clase de un espiral de muerte insana—otro de tus propios términos, yo creo. Cada pensamiento sobre Carol te acerca más al desastre que estás negando y a la vez haciéndo inevitable. Mientras tanto, sientes que tus sentimientos y pensamientos son empujados hacia ti. Lo que pasó esta mañana en la cocina fue nada más el último episodio en esa trágica historia. Satanás tiene tu corazón, mi muchacho, y desea destruirte".

Rick se quedó sentado en la silla silenciosamente, cubriéndose la cara con sus manos. Su abuelo estaba en lo correcto, por supuesto. Se sentía fuera de control, como si sus sentimientos y pensamientos, amargos y molestos, fueron empujados en él. Ese era una gran parte de su desesperación. "¿Pero como lo hace, abuelo? ¿Cómo atrapa Satanás nuestra voluntad y toma nuestro albedrío?"

"Sigue leyendo", dijo el abuelo Carson, extendiéndole el libro una vez más.

Aconteció pues, que el diablo tentó a Adán, y éste comió del fruto prohibido y transgredió el mandamiento, por lo que vino a quedar sujeto a la voluntad del diablo, por haber cedido a la tentación[63].

Porque cedió a la tentación—Rick se repetió a sí mismo, meditando las implicaciones. "Adán llegó a estar sujeto a la voluntad de Satanás porque cedió a la tentación".

"Sí", respondió el abuelo. "Recuerda las palabras que leíste hace unos minutos: Satanás lleva cautivos a su voluntad a aquellos que '*no quieran escuchar la voz del Señor*'[64]. Es la voluntad de Satanás que no sigamos al Señor, e intenta capturarnos al atraernos o tentarnos a actuar contrario a la manera del Señor, tal como lo hizo en el jardín con Adán y Eva. Cuando hacemos eso, él gana control sobre nosotros y efectivamente le damos nuestro albedrío".

"¿Pero cómo pasa eso? No entiendo cómo un solo pecado

podría capturarnos y sujetarnos a Satanás de la manera que lo estás describiendo. Si ese fuera el caso *todos* estuviéramos sujetos a su voluntad".

"Y *todos* estamos, Rick. Ese es el punto. Todos estamos sujetos a su voluntad. Piensa sobre esto. ¿Hacemos siempre lo que debemos? ¿Amamos, perdonamos, u oramos como debiéramos?"

Rick sacudió su cabeza. "No", dijo él hoscamente.

"Entonces ves, Ricky, *todos* estamos sujetos a su voluntad. Aun en el conocimiento, escogemos *alejarnos* del Señor. Nos encontramos cayéndonos de la vida diligente de sus mandamientos. Y del *deseo* de vivirlos completamente. 'Todo aquel que hace pecado', declaró el Señor—y eso incluye a todos—'esclavo es del pecado'[65] y 'reciben su salario de aquel a quien quieren obedecer'[66]. Cada pecado nos hace más susceptibles a la voluntad de Satanás porque cada pecado es una capitulación de su voluntad".

"Considera la terrible ironía", continuó él. "Peleamos una batalla en los cielos para proteger esta preciosa comodidad de albedrío—una comodidad tan importante que estuvimos dispuestos de echar a muchos de nuestros hermanos y hermanas para retenerlo—y después, como si fuéramos unos personajes centrales de la tragedia griega, venimos a esta tierra y ejercitamos ese albedrío de una manera que efectivamente se lo da a otro".

"Pero esa es la parte que no entiendo. No entiendo como un solo pecado le da a Satanás control de nosotros".

"Esto es porque no entiendes la naturaleza del pecado".

20

EL PECADO

N unca has sido un fumador, Ricky, pero sabiendo lo que sabes sobre las consecuencias de fumar, ¿qué supones que es uno de los problemas más grandes con fumar un solo cigarro?"

"El peligro de que te envicies al cigarro".

"Exactamente. Y el alcohol—¿cuál es uno de los peligros más grandes con tomar un solo trago?"

"Lo mismo. Tendríamos el mismo peligro de enviciarnos en tragos adicionales".

"¿Los estupefacientes, la pornografía? ¿Y que de ellos?"

"Lo mismo. Una dosis de cualquier de esas cosas hace posible más dosis".

"¿Por qué supones eso?" preguntó el abuelo.

"Bueno, son adictivos. No soy experto en la química del cuerpo sobre las adicciones, pero evidentemente cada una de esas cosas cambia el cuerpo, o corrompe el espíritu de alguna forma, para que empieces a tener las ansias de tener más".

"Sí. Ya sea el fumar, tomar, los estupefacientes o la pornografía, ¿puedes ver como un solo acto de pecado puede darle a Satanás el poder sobre ti para llevarte cautivo a su voluntad?"

"Sí, con esa clase de pecados, sí puedo ver como nos afectan".

"¿Qué tal si lo mismo fuera verdad con cualquier clase de pecado?"

"¿Estás diciendo que sí es?"

El abuelo Carson le dio el libro nuevamente. Lo tomó en sus manos y empezó a leerlo, empezando en donde el abuelo apuntaba.

Y ahora mis hijos, empezaba el pasaje.

Una vez más Rick se sintió atraído por las palabras. Sintió una ráfaga de viento, y se encontró en una exuberante tierra forestal. El aire estaba bochornoso, y gotas de sudor corrían en su piel casi al instante. Estaba en una colina, con escabrosas montañas verdes levantándose directamente al este detrás de él. No más de media milla al oeste, el océano brillaba bajo el sol, lo caul pintaba las nubes ocasionalmente de rosa y morado. Todavía tenía el libro en las manos, el cual se sentía pesado al tener que estar sosteniéndolo.

Debajo de él, en una área de tierra estaban sentados unos diez hombres más o menos. Un hombre frágil de cabello blanco, con un bastón en la mano, se encontraba sentado enfrente de la reunión, al lado de un altar de piedra. Era este hombre el que estaba hablando.

Así pues, los hombres son libres según la carne, continuaron sus palabras, *y les son dadas todas las cosas que para ellos son propias. Y son libres para escoger la libertad y la vida eterna, por medio del gran Mediador de todos los hombres, o escoger la cautividad y la muerte, según la cautividad y el poder del diablo; pues él busca que todos los hombres sean miserables como él*[67].

"El gran patriarca Lehí del Libro de Mormón", dijo la voz del abuelo, justo detrás de él y a su izquierda. "En la víspera de su muerte, él enseñaba a sus seis hijos, a los dos hijos de Ismael, y al antiguo sirviente, Zoram, justo lo que hemos estado hablando—que el albedrío es la capacidad que tenemos de escoger seguir al Señor o al diablo, y que si escogemos contra el Señor perdemos la libertad y entramos a la cautividad del diablo".

Y ahora bien, hijos míos, continuó Lehí, *quisiera que confiaseis en el gran Mediador y que escuchaseis sus grandes mandamientos; y sed fieles a sus palabras y escoged la vida eterna, según la voluntad de su Santo Espíritu; y no escojáis la muerte eterna según el deseo de la carne y la iniquidad que hay en ella, que da al espíritu del diablo el poder de cautivar, de hundirnos en el infierno, a fin de poder reinar sobre vosotros en su propio reino*[68].

"Date cuenta lo que el padre Lehí dice aquí, Ricky", su abuelo le dijo, sacándolo de la escena. "Cuando fallamos de seguir la voluntad del Espíritu Santo, le damos a Satanás el poder de cautivarnos por medio de los elementos corruptibles en nuestros cuerpos, tal como los adictos pierden control a sus adicciones físicas. El pecado es una sustancia adictiva, Ricky. Nuestros cuerpos se acostumbran a esto. Eso es lo que el padre Lehí les enseña a sus hijos".

"¿Pero cómo?" Rick todavía luchaba por entender.

"Empecemos otra vez desde el principio".

Las páginas del libro en las manos de Rick empezaron a dar vueltas como si una ráfaga de brisa las volteara, aunque Rick no podía sentirlo. En unos segundos, el libro se abrió en una página al comienzo del libro.

"Lee", su abuelo le ordenó.

Aconteció pues, leía Rick, *que el diablo tentó a Adán, y éste comió del fruto prohibido y transgredió el mandamiento—*

Volteó hacia arriba para ver al abuelo. "Ya leí esto antes". El abuelo lo miró ligeramente enfadado. "Lee, Ricky".

. . . por lo que vino a quedar sujeto a la voluntad del diablo, por haber cedido a la tentación[69].

En este punto la escena exuberante tropical se desvaneció y Rick se encontró lleno de luz. Siguió leyendo, y una voz tranquila descendió de los cielos:

Y yo, Dios el Señor, llamé a Adán, y les dije:
¿Adónde vas?
Y él respondió: Oí tu voz en el jardín y tuve miedo, porque vi que estaba desnudo, y me escondí.
Y yo, Dios el Señor, dije a Adán: ¿Quién te ha dicho que estabas desnudo? ¿Has comido del árbol del cual te mandé no comer, pues de hacerlo de cierto morirías?
Y el hombre dijo: La mujer que tú me diste, y mandaste que permaneciese conmigo, me dio del fruto del árbol, y yo comí[70].

"Ricky", le llamó el abuelo, recogiendo sus pensamientos de

dondequiera que habían sido llevados. "¿Quién transgredió el mandamiento?"

Su abuelo se encontraba parado junto a él en la luz.

"Adán lo hizo".

"Habiendo transgredido el mandamiento, para Adán hay sólo una forma de volver a Dios. ¿Cuál es esa forma?"

"Por medio de Jesucristo".

"Sí. ¿Pero de que es lo que debe Adán darse cuenta después de su trasgresión para poder venir a Cristo?"

"Para empezar, tenía que saber o ser enseñado sobre Cristo".

"Sí. ¿Y después qué?"

Rick pensó por un momento. "No estoy seguro".

"Necesitaba darse cuenta que había cometido una trasgresión, Ricky, para que sintiera la necesidad de venir a Cristo para ser perdonado".

"Está bien, entiendo eso".

"¿Realmente lo entiendes?"

"Creo que sí".

"Entonces lee una vez más la respuesta de Adán a la pregunta del Señor".

Rick empezó a leer de dónde su abuelo estaba apuntando.

Y yo, Dios el Señor, dije a Adán: ¿Quién te ha dicho que estabas desnudo? ¿Has comido del árbol del cual te mandé no comer, pues de hacerlo de cierto morirás?

Y el hombre dijo: La mujer que tú me diste, y mandaste que permaneciese conmigo, me dio del fruto del árbol, y yo comí[71].

"¿De que te das cuenta acerca de la respuesta de Adán, Ricky?"

"Realmente no es una respuesta a la pregunta, ¿verdad?"

"Sigue leyendo", lo animó su abuelo.

"Bueno, el Señor le preguntó a Adán una pregunta franca: '¿Has comido de la fruta que te prohibí no comer?' Y en lugar de decir 'Si', Adán sintió la necesidad de decir: 'La mujer que tú me diste y mandaste que permaneciese conmigo, me dio del fruto del árbol, y yo comí' ".

"Sí, Ricky. Y fíjate como Eva hizo algo similar. Sigue leyendo".

Y yo, Dios el Señor, dije a la mujer: ¿Qué es esto que has hecho? Y la mujer respondió: La serpiente me engañó, y yo comí[72].

"¿Qué quiere decir, Ricky?"

Rick meditó la pregunta mientras el abuelo esperaba.

"De alguna manera", Rick empezó, "Adán y Eva no pensaron que estaban haciendo nada mal—o si estaban, pensaron que de alguna manera estaban en lo correcto o por lo menos, menos mal, porque alguien más les causó o provocó hacer lo que hicieron".

"¿Te suena familiar?"

"¿Qué quieres decir?"

"¿No estás tú, en tu relación con Carol, exactamente como Adán y Eva?"

Rick se quedó callado al escuchar esta idea. Estaba más allá de tratar de defenderse.

"¿Y si Adán está de alguna manera no muy seguro sobre la responsabilidad de su trasgresión, sentirá más o menos necesidad de venir al Señor?"

"Menos", Rick contestó.

"Entonces date cuenta, Ricky: Una trasgresión, una elección alejado del Señor, ¿y qué pasa? El trasgresor se ciega a su responsabilidad del pecado, y empieza a caer en la cautividad del diablo, los cuales son las cadenas—las cadenas del pecado—que lo mantienen sin sentir la necesidad ni el deseo de regresar al Señor. Así es como llegamos a estar sujetos a la voluntad del diablo cuando cedemos a la tentación".

El abuelo Carson tomó el libro nuevamente de Rick.

"Ahora, Ricky, hace unos minutos yo sugerí que malinterpretaste la naturaleza del pecado. Déjame decirte que quise decir con esto".

"Pienso que ya sé", interrumpió Rick.

"A ver, sigue entonces. ¿Qué estás pensando?"

"Algo al pecar nos cambia, casi como las adicciones del cuerpo nos hacen cambiar. Vemos el mundo diferente después que pecamos. Como Adán, nos preocupamos más por nosotros y de cómo nos vemos y de alguna manera perdemos la vista del Señor y nuestra necesidad de él. Empezamos a ver el mundo de una manera que justifica nuestras indiscreciones. Y después, como una clase de adicción, me supongo se nos hace más fácil continuar en caminos pecaminosos. De hecho, después de la trasgresión de Adán y Eva, Satanás pudo hacerlos hacer algo que nunca les hubiera penetrado en su mente—esconderse del Señor"[73].

Rick se sorprendió por las palabras que escuchó decir él mismo—sorprendido en el sentido que se encontró aprendiendo al escuchar estas palabras, si es que eran *sus* palabras. Eran nuevos pensamientos para él, pero venían de su boca, y sintió una tranquila convicción dentro de su pecho al hablar.

"Es interesante que Adán estaba claro de la necesidad que *Eva* tenía de volver al Salvador", reflexionó Rick. "Retuvo la habilidad de reconocer los pecados de *otros*. Y esta habilidad se pervirtió, porque él empezó a ver a otros como una exoneración de sus propios pecados. Esto lo detuvo de poder contemplar completamente sus propios pecados y por lo tanto lo detuvieron de poder volver completamente al Señor—o por lo menos, lo hubiera hecho. No recuerdo los particulares de la historia lo suficiente, pero Adán y Eva fueron rescatados de su ceguedad rápidamente, yo pienso, porque vinieron al Señor".

"Sí, Ricky, ellos lo hicieron. Pero solamente después que el Señor vino a buscarlos[74]. Habían volteado sus caminos del Señor y se escondieron de su presencia antes que viniera y les llamara".

"Y después", continuó el abuelo, "recuerdas lo que el Señor hizo: Él maldijo la tierra 'por su causa' y 'multiplicó en gran manera' sus dolores en sus preñeces[75]. Así es que después los desterró a una tierra en donde todo sería difícil—una maldición que sería 'para su propio bien' ya que la magnitud de las dificultades de la vida los empujará a mirar hacia el cielo buscando ayuda aun en la neblina de sus pecados, cada acercamiento al Señor proveyéndoles una oportunidad de ser salvados de la cautividad del pecado".

Rick nunca había escuchado esa idea antes, y le fascinó. *¡Las dificultades de la vida misma es una bendición!* se dio cuenta él. *¡Porque inicia un deseo dentro de nosotros de venir al Señor—un anhelo que podemos sentir aun cuando somos cegados por el pecado!*

"El conflicto del pecado, entonces, Ricky, es más grande que el hecho de cometer actos pecaminosos individuales. Es que al hacerlo, corrompimos nuestros corazones y llegamos a ser pecaminosos nosotros mismos—duros de corazón, orgullosos y oscuros. Ya no vemos claro, pero como Pablo advirtió, 'vemos por espejo, oscuramente'[76], lo que está de acuerdo con el plan de Satanás de 'cegar los ojos y endurecer el corazón de los hijos de los hombres'[77]. Las Escrituras declaran que esto es 'una trampa del adversario, la cual ha tendido para entrampar a este pueblo, a fin de sujetarnos a él, para ligarnos con sus cadenas y encadenarnos a la destrucción sempiterna, según el poder de su cautiverio'[78].

"Una vez que pecamos en nuestro corazón, los actos y pensamientos que fueron antes reprensibles llegan a ser deseados. Llegamos a desear hacer lo que no debemos y perdemos el deseo de hacer lo que debemos. Luchando con nuestras propias 'vigas', como discutimos antes, empezamos a estar obsesionados con las 'pajas de otros'[79]. En las palabras de Pablo, 'porque el que se cree ser algo'—mejor que, mereciendo más—cuando 'en realidad no siendo nada, a sí mismo se engaña' [80]. Pablo llamó esto 'la esclavitud de corrupción'[81]. Perdiendo la vista de nuestros pecados, perdemos la vista de nuestra propia necesidad por él que vino a sanar al pecador. Llegamos a ser como Laman y Lemuel en el Libro de Mormón, siendo duros de corazón, quienes 'no acudían al Señor como debían'[82].

"Esto, Ricky, una vez más, es lo que quiero decir con 'las cadenas' o 'cautividad' del pecado: Precisamente cuando somos más pecaminosos y por lo tanto en más necesidad del arrepentimiento, menos sentimos el deseo o la necesidad de arrepentirnos. Este es el conflicto del pecado. Y esto es por lo que el Salvador mismo declaró, 'Requiero el corazón de los hijos de los hombres'[83], y porque todos los profetas han declarado que lo que se requiere no es dejar de hacer 'actos' pecaminosos sino es 'un poderoso cambio de corazón'. Es como enseñó el profeta Alma: Solamente este cambio de corazón nos puede liberar de las cadenas del infierno"[84].

El abuelo Carson se detuvo por un momento y miró

amablemente a Rick. "Tienes un maravilloso resumen de aprendizaje en tu bolsillo trasero, hijo", dijo él, apuntando hacia su cadera. "Desgraciadamente, el conocimiento nunca es por sí mismo lo suficiente para romper las cadenas del pecado. Tal conocimiento puede ayudar, por seguro, pero solamente si te lleva a aquel que tiene el poder de salvar. La salvación no está en una declaración, ni en una hilera de declaraciones, por más profundas que sean. Está sin embargo en una persona—en el Mesías, que vino a la tierra para liberar al hombre del pecado".

21

EL ARREPENTIMIENTO

L a luz lentamente se apagó alrededor de ellos, y Rick se encontró, tal como estaba antes, sentado en la mesa de la cocina.

Empezó a llorar.

Estas lágrimas eran diferentes, en volumen y sentimiento, de las lágrimas torrenciales de autocompasión y coraje de la noche que Carol le pidió que se fuera. Eran sin embargo lágrimas de despertar—de purificación y limpieza. No estaba enojado con Carol, ni sentía lástima de él mismo. Al contrario, empezaba a sentir lástima por Carol por su propio corazón duro de él mismo. El dolor que sentía era amargo, por seguro, pero también podía saborear un poco de dulzura en ello, porque las lágrimas estaban expulsando su amargura y dando cabida a sentimientos dulces que antes conocía.

"¿Entonces cómo puedo salir de esta confusión, abuelo?" ¿Cómo puedo volver a sentir por Carol lo que una vez sentí?

¿Cómo puedo liberarme de estas cadenas que me tienen agarrado?"

"Ya estás empezando".

"¿De verdad?"

"Sí. ¿No puedes sentirlo?"

"¿Sentir qué?"

"Dolor por cómo te has comportado hacia Carol. Humildad al empezar a darte cuenta que te falta la habilidad de salir tú solo del hoyo en que te encuentras. Un deseo de arrepentirte, no sólo de actos injustos, pero de un corazón duro. Dispuesto a hacer cualquier cosa que se requiera de ti. ¿Sientes estas cosas, Ricky?"

Al contemplar Rick los comentarios de su abuelo, sintió una cálida calma dentro de él, como una calidez cuando se acerca a una fogata en una noche helada. En tales noches, Rick deseaba acercarse más al fuego. "Sí, abuelo, sí siento esas cosas". Y lloró más fuerte al darse cuenta.

"¡Oh, la maravilla del Señor!" exclamó el abuelo Carson, "¡y su bondad y misericordia!"

"Misericordioso Padre Celestial", continuó él, levantando su voz hacia el cielo. "Te damos gracias por tu amorosa bondad y tiernas misericordias. No las merecemos, y nunca lo hemos merecido, y aun así nos bendices con tu Espíritu. Te damos gracias por esta bendición limpiadora, y venimos a ti, sumisos y en humildad y con una profunda gratitud.

"Amo a Ricky, querido Padre. Es preciado para mí. Ayúdalo en su dolor para que pueda ser salvo. Que su corazón se quebrante ante ti. Que su contribución sea verdadera, profunda y completa. Que pueda descender a la profundidad de la humildad. Que puedas enseñarle la profundidad de sus pecados.

"Padre, que puedas ponerle un nuevo corazón, de acuerdo con tu promesa al sumiso y humilde. Que puedas quitarle su corazón de piedra de su carne y darle un corazón puro y la paz que les prometes a aquellos que vienen a ti. Que pueda recordar a Abigail, y que pueda extender misericordia a Nínive. Que tu Espíritu entre en él y lo guié en tus caminos.

"Por favor, también no te olvides de Carol y los niños. Están sufriendo y necesitan de tu sustento. Venda sus heridas. Socórrelos en sus tristezas. Escucha los lloridos de las multitudes que tienen esperanza en ellos y que oran a ti en nombre de ellos. Por favor, Padre, oro a ti con toda la energía de mi alma que puedas juntar a esta familia. Despierta en ellos el amor que han conocido. Tráelos una vez más a los brazos de cada uno, y haz que sus pensamientos y sentimientos por cada uno dulces y sagrados.

"Querido Padre, te ofrecemos estas añoranzas en el nombre de tu Hijo. Por medio de su misericordia y meritos nos acercamos a ti. Y por su infinita expiación te alabamos en tu nombre sagrado para siempre".

PARTE IV

LOS MILAGROS
DEL GETSEMANÍ

22

LUZ EN LA OSCURIDAD

L a faz del abuelo Carson brillaba con compasión, y miró a Rick con entendimiento.

"Sufres, Ricky. Hasta hoy tu sufrimiento ha sido en vano, porque sufrías solamente por ti. Ahora sufres por otros—por Carol y tus hijos, por todos los que te rodean. Sufres por el dolor que ellos sienten, el dolor que tú has ayudado a que sientan. Tu corazón esta a punto de quebrarse".

"Bendecido eres en este nuevo sufrimiento, porque verdaderamente somos responsables uno al otro, justo como ahora sientes. Y nuestros corazones deben quebrarse de esta manera, porque debemos ser curados de la vanidad de la capacidad de nuestros corazones".

"Al sentirte completamente responsable por los sufrimientos de aquellos que amas", continuó él, "el Señor te quitará el dolor. Él ha padecido por todos, para que nosotros no padezcamos[85]. Donde el dolor merece estar, en su lugar encontrarás su amor.

"¿Conoces lo extenso de su amor, hijo mio?"

"Pienso que no soy digno de saberlo".

El abuelo sonrió. "Solamente por esa razón, lo sabrás".

Rick de repente se encontró en una colina rocosa. Algo así como a cincuenta yardas debajo de él, podía distinguir la forma de una docena de árboles antiguos y desproporcionados, su edad evidente en la forma torcida de las ramas, que se movían con el aire de la noche.

"El Jardín de Getsemaní", dijo el abuelo, que estaba a un lado de él.

Continuó él, "Después de la caída, el Señor le dijo a Adán, 'Así como has caído puedes ser redimido' [86], significando la relación paralela de la caída y la expiación. Entonces no es accidente que la expiación empezará, así como la caída, en un jardín. Y no es accidente tampoco que los individuos en esos jardines estaban sin pecado, o que los eventos en esos jardines están centrados en el derecho de ejercitar su libre albedrío— para Adán, ya sea que participara de la fruta prohibida, y para el Salvador, ya sea que participara de la amarga copa. El Salvador y Adán se enfrentaron a una decisión similar. Si no participaran, llegarían a estar solos en el paraíso. Ambos participaron para que el hombre pudiera ser. Y al participar de la amargura, Adán vino a conocer lo bueno de lo malo, y nuestro Salvador llegaría a conocer todo lo bueno y malo que había y habría de traspasar en los corazones de los hombres por todas las generaciones del tiempo".

"Entonces, Ricky, estás a punto de ser testigo del deshacer que ya se había hecho—una nueva forma de ejercitar el albedrío, en un jardín, que nos rescata de la cautividad del pecado, una cautividad que entró en el mundo por medio de ejercer un albedrío anterior en un jardín anterior. El albedrío será redimido esta noche, y con él, 'toda la humanidad, tantos como tengan voluntad' [87]. Porque por la redención del Señor, los hijos de los hombres serán liberados de las garras del pecado—'para actuar por sí mismos, y no para que se actúe sobre ellos' "[88].

"Mira".

Más allá de los árboles, y caminando hacia ellos, se encontraban un grupo de doce. Solamente los perfiles de sus formas cubiertas con capas eran visibles bajo el cielo oscuro de la noche. No traían antorchas pero parecían conocer bien el camino, ya que ninguno se tropezaba en la oscuridad. Caminaban en silencio al ascender los escalones de piedra que descendían desde el valle debajo de ellos, el valle Kidron, como Rick lo recordaba. A través del valle, en la colina del otro lado, se erguían las paredes del templo y de la gran cuidad sagrada, Jerusalén.

Cerca de donde empezaban los ancianos árboles de olivo, uno enfrente de la procesión hizo un ademán para que los demás se sentaran. Ocho lo hicieron, mientras que el primero, y otros tres—Pedro, Santiago y Juan, Rick sabía por sus estudios de estos eventos—continuaron al jardín y entre los árboles. Rick forzó la mirada para poder mirar sus formas pasar detrás de las ramas y troncos inmensos como a doscientas yardas de él. Aquí, el Señor tomó una pausa y volteó hacia sus compañeros. *¿Qué les dijo en este momento?* Rick trató de recordar.

" 'Mi alma está muy triste, aun hasta la muerte' ", le susurró el abuelo, " 'quedaos aquí, y velad conmigo' "[89]. La figura que era de Cristo pasó más allá de los tres discípulos y de la vista de Rick.

" '*Yendo un poco adelante*' ", vino esta voz de la juventud de Rick, ya tan suave que casi era inaudible, " '*se postró sobre su rostro, orando y diciendo, Padre mío, si es posible, pase de mí esta copa' "[90].

Entonces el abuelo se quedó en silencio, y el aire de la noche se mantuvo quieto.

"Lo que pasa ahora no es para que los ojos mortales testifiquen", dijo el abuelo, en su voz más normal. "Pero es seguramente para que mentes y corazones humanos lo entiendan".

"¿Qué quiere decir, abuelo?"

"Ricky, necesitas entender lo que pasa aquí esta noche. Todo en tu hogar, tu corazón, y en tu vida depende de esto".

"Creo que entiendo, abuelo. Aquí en Getsemaní, Cristo paga por los pecados de la humanidad. Sufre tan terriblemente que la sangre le brota por cada poro"[91].

"Sí, Ricky, verdaderamente. Pero que corto ese entendimiento aún está".

"Entonces dime más", imploró Rick. "¿Qué pasa aquí esta noche?"

"Este sólo es el comienzo. Solamente pasa aquí 'esta noche' en la vista limitada del hombre".

"¿Qué quieres decir?"

"Quiero decir que nuestro aprecio por lo que Cristo hizo por nosotros quedará abismalmente pequeño si pensamos que cayó simplemente a la posibilidad de sufrir por unas horas mortales, por más atroz que fuera ese sufrimiento. Ambos en impacto, bondad y nivel, lo que pasa en Getsemaní no puede ser marcado simplemente por el reloj de este reino caído. En verdad, su impacto se puede sentir desde los días de Adán y Eva, aunque por los cálculos de esta tierra, no había pasado aún. La expiación pasó tanto fuera de este tiempo como dentro de el, aunque lo que estaba afuera no podemos ni siquiera esperar comprender. Fue y es un acto infinito y eterno, desatado por las limitaciones de la mortalidad. Con razón el Salvador tembló a causa de ese dolor y desea 'no tener que beber la amarga copa'[92]. Mentes mortales, con sus limitaciones terrenales, no pueden comprender su inmensidad".

El abuelo Carson tomó un descanso por un momento para coleccionar sus pensamientos.

"¿Y cuál era la naturaleza de su sufrimiento?" reflexionó él. "Dices que 'sufrió por nuestros pecados', pero que tan fácil lo decimos".

¿Qué realmente quiere decir?

"Recuerda, el problema del pecado es solamente parcial que participamos en actos pecaminosos. El problema más profundo es que al escoger participar en actos pecaminosos, nuestros *corazones* llegan a ser pecaminosos. Y cuando pasa esto, Satanás gana poder sobre nosotros para llevarnos cautivos a su voluntad, para llevarnos a un resentimiento más profundo y oscuro, la amargura, el enojo, y el pecado. Llegamos a ser impuros, corruptos—sin poder soportar la presencia de Dios, en cuya presencia solamente los limpios y puros pueden permanecer. Y llegamos a perder la misma cosa que es esencial, si es que algún día podamos ser limpios y encontrar el camino de regreso a él: la habilidad y deseo de escoger seguir al Señor".

"Nuestras manos están sucias de actos pecaminosos, por seguro, Ricky, pero nuestro problema más grande es que nuestros corazones han llegado a ser impuros también. Como exclamó Pablo, 'me deleito en la ley de Dios; pero veo otra ley en mis miembros, que se rebela contra la ley de mi mente, y que me lleva cautivo a la ley del pecado que está en mis miembros.

¡Miserable de mí! ¿Quién me librará del cuerpo de esta muerte?'[93] Si es que deseamos estar presentes en gloria ante el Padre y el Hijo, el 'espíritu inicuo' que habita en nuestros corazones debe, como el padre del rey Lamoni imploró, 'ser desarraigado' de nuestro pecho[94]. A menos que alguien pueda sobrellevar por nosotros la cautividad de nuestros corazones y liberarnos de nuestras cadenas del pecado[95], seremos condenados para siempre".

"¿Estás diciendo que eso es lo que el Salvador hizo? ¿Lo que pasó en el Jardín de Getsemaní fue que el Señor venció el cautiverio de nuestros corazones? ¿Eso es lo que significa el 'pagar por nuestros pecados'?"

"Sí".

"¿Pero cómo?"

"Cómo, en verdad".

23

UNA AGONÍA

Recuerda la enseñanza del Señor a Adán: 'Para que así como has caído puedas ser redimido'[96]. Y recuerda como mencioné antes que, como implica esta enseñanza, el acto expiatorio que restablece el albedrío del hombre es paralelo al acto que precipitó su caída. Si eso es verdad, y sí es, el Salvador tuvo que soportar lo que hizo Adán después de la caída, y después redimir al hombre de los efectos de esa caída".

"¿Qué quieres decir, abuelo?"

El abuelo miró solemnemente a Rick. "Para poder redimir a la humanidad del aprieto de nuestro cautiverio sobre el pecado", empezó él, "el Salvador tuvo que tomar sobre *sí* ese cautiverio, en su totalidad, y después encontrar una manera de liberarse. Por el poder que Satanás obtuvo por medio de la caída sobre la voluntad de la carne, el albedrío del hombre podía ser redimido solamente si todos los poderes del cautiverio que habían sido implementados en la carne por cada pecado de la humanidad pudiesen ser sobrellevados por una fuerza opuesta—por alguien que tomara nuestro cautiverio sobre sí y escapar de el, por lo tanto proveyendo una manera de escape para *nosotros*. Esto es lo que el Salvador hizo, Ricky. Para poder liberarnos del cautiverio del pecado, tomó sobre sí todos los pecados de la humanidad, las 'iniquidades de todos nosotros'[97].

"¿Recuerdas lo que eso implica?" preguntó el abuelo, un aire de urgencia en su voz.

En este punto, Rick sabía que no tenía idea.

"Implica que para poder redimirnos de las cadenas del pecado, el Salvador tenía que tomar sobre sí todas las cadenas que nos atan al pecado—en las palabras de Pablo, 'tentado en todo según nuestra semejanza'[98]. Tenía que soportar 'la carga del peso combinado de todos los pecados del mundo'[99]— nuestros deseos pecaminosos, nuestras predisposiciones y adicciones hacia el pecado, nuestros corazones oscuros. Las Escrituras declaran que sufrió también por todas las cosas que puedan *llevarnos* al pecado—nuestros 'dolores, aflicciones y tentaciones de cada uno de nosotros'[100]—para 'borrar [nuestras] transgresiones según el poder de su redención'[101]. Fue como Pablo dijo: Él 'que no conoció pecado, por nosotros lo hizo pecado'[102].

"Con toda esta pecaminosidad amontada sobre él, tuvo entonces que sobrellevar el inimaginable ataque del poder entero y la fuerza del poder del infierno, y al hacerlo, como Pablo describió, '[permaneció] sin pecado'. Porque Satanás sabía que si podría ejercer el poder del cautiverio—las cadenas de nuestra pecaminosidad que estaban listas para atar al Señor—y tentar al Salvador a pecar, también traería al Salvador a su cautividad. Entonces la destrucción del albedrío estaría completa, y la humanidad se quedaría sin un camino para que sus corazones fueran purificados y limpiados. Entonces por lo tanto no habría un camino para que ninguno de nosotros volviera a nuestro Padre, en donde solamente los limpios y puros pueden morar".

"¿No es de asombrarse, Ricky, que Satanás miró hacia arriba y se rió cuando tenía en su mano toda la faz de la tierra en sus cadenas?[104] En esta noche en Getsemaní, Satanás solamente está alejado por un solo pecado de tener a toda la creación en su mano".

El abuelo Carson miró tristemente hacia el jardín pero no podía sostener la mirada. Volteó la cara en dolor.

"Aun ahora", susurró él, una lágrima corriendo por su mejilla, "los poderes de la oscuridad están sobre él con gran fuerza y furia. El término que Lucas utilizó para describir este asalto—la palabra griega *agon,* traducida como 'una agonía'[105],—significa literalmente, 'una competencia, una pelea, o una lucha enfrentando al oponente'[106]. Y eso, hijo mío, es lo que Getsemaní fue. O quizá", dijo él, mirando con dolor nuevamente hacia el jardín, "es. Es como los profetas modernos lo han descrito como 'una angustia indescriptible' y 'una tortura irresistible'[107], una 'competencia suprema con los poderes del diablo', una 'hora de angustia cuando Cristo tuvo que encontrar y sobrellevar todos los horrores que Satanás podía causar'[108]. Y él sufre todo esto, Ricky—y que nunca se te olvide esto—por *nosotros*".

"Esto quiere decir que él está tomando sobre sí todo los pecados de tu corazón, Ricky. Te sientes bastante compelido a discutir con Carol, tener coraje en tu corazón contra ella, estar amargado por la desilusión y la desesperación. Esta noche en Getsemaní, el Señor toma sobre sí todas las cadenas específicas que *te* atan y te llevan cautivo. Al tomar sobre sí el deseo de discutir con Carol, y después liberarse de ese deseo, él proveerá el camino para que tú puedas liberarte también. Tu furia, tu desilusión, tu desesperación—el Señor lo sobrellevará todo esta noche y forjará para ti un corazón nuevo, limpio, puro, y libre".

"Y hace lo mismo para todos, por el adicto, el abusador, el quejoso crónico, por aquellos cuyos espíritus están deprimidos. Su lucha esta noche es para toda la humanidad, para cada uno de nosotros, individualmente y específicamente".

El abuelo Carson se detuvo por un momento y luego el dolor se fue de su cara. "¡Alabanza al Señor!" exclamó él, triunfante. "El Salvador ha sobrellevado el agravio el cual ningún hombre ha podido sobrellevar individualmente. Se rehusó a someterse a la voluntad de Satanás aunque estaba completamente sujeto a ello. Aun con todos los efectos mortales de nuestros pecados puestos en él y con Satanás y sus huéspedes atentando arrastrarlo con el poder de pecar, el Salvador pudo sobrellevarlo y resistir".

"¡El cautiverio del pecado ha sido roto! El Señor Dios todopoderoso se ha levantado 'con salvación en sus alas'[109]. Él extiende sus brazos al mundo, sintiendo tras de ellos con su Santo Espíritu. Viene a cada uno de nosotros, preguntándonos la misma pregunta que le hizo a Jonás, implorándonos, como Abigail lo hizo, para perdonar, y literalmente muriendo para darnos su Espíritu y el nuevo corazón que ha forjada que nos liberará de las cadenas de nuestros pecados. Si no endurecemos nuestros corazones y no nos arguyésemos contra él, él facilitará el rompimiento de nuestros corazones pecaminosos y corazones de piedra y nos dará lo que Ezequiel llamó un nuevo 'corazón de carne'[110], salvándonos de nuestras 'inmundicias'[111]. Este es el milagro de Getsemaní".

Las palabras del abuelo llenaron a Rick con gratitud y

asombro. En todos los años que llevaba asistiendo a la Iglesia y leyendo las Escrituras, nunca había considerado lo que significaba que Cristo sufriera por nuestros pecados. Y ahora que se le había dado la oportunidad de considerar su significado—ya sea que tan pequeña esa oportunidad fue— estaba abrumado.

Estaba parado hombro a hombro con su abuelo, mirando hacia el valle Kidron, demasiado agradecido para profanar Getsemaní con su vista.

24

RECUPERACIÓN

Por diez minutos, el abuelo y nieto se quedaron quietos en Olivet. Para Rick, fue un tiempo de reflexionar y hacer un compromiso.

Entendía perfectamente que el corazón que necesitaba recuperación era el de él. En verdad, el Salvador expió por todos nosotros, pero su abuelo lo había traído a *él* a esta colina esta noche. Sentía como todos aquellos que vienen al Señor sienten, que era por su propio corazón pecaminoso, sobre todo, que el Señor estaba sufriendo, y por la resurrección de su propia carne corrupta a incorrupción que el Salvador moriría en el Calvario[112]. Era por esta razón que estaba abrumado no solamente con solemnidad, de la manera que uno puede estar al asistir al funeral de un conocido distante, pero también con un gran derramamiento de gratitud, de la manera que Rick estuvo en el funeral del hombre que ahora está parado al lado de él—un funeral en donde no podía dejar de llorar aun después de mucho tiempo, por el amor profundo que le tenía.

En medio de todas las muchas maravillas estaba esta: El Salvador sufrió eternamente debido al corazón amargado de Rick, pero lo amaba eternamente igual. *¿Cómo es posible?* Rick se preguntaba. *¿Cómo se hace?*

"Él es uno contigo, Ricky, esta es la respuesta que buscas".

"¿Cómo es esa la respuesta?"

El abuelo Carson volteó a mirarlo una vez más.

"Cuando te rompiste el hombro en el colegio, Ricky, después de esto, ¿abusaste del hombro? Con esto quiero decir, ¿te enojaste con él y lo trataste bruscamente?"

"Por supuesto que no".

"¿Por qué no? Te estaba causando dolor".

"Porque era mi propio hombro. ¿Qué bien le haría lastimarlo aun más? Solamente me estaría lastimando yo mismo".

Entonces entendió lo que su abuelo quiso decir.

Somos uno con nuestros cuerpos, y por esa razón, no reaccionamos al dolor de un miembro de nuestro cuerpo al infringir a ese miembro con más dolor. Al contrario, lo vendamos, lo atendemos, lo cuidamos para que se mejore pronto. De verdad amamos más las partes de nosotros que nos causan más dolor. Porque nos necesitan más, y nosotros a ellos.

"Es como si fuéramos partes—" susurró Rick.

"Del cuerpo de Cristo", su abuelo dijo, completando el pensamiento.

"Sí, el 'cuerpo de Cristo'," repitió Rick, perdido en este pensamiento.

"Lee, Ricky",

Su abuelo le extendió el libro del caul había leído anteriormente. Rick no se había dado cuenta que estaba en sus manos.

Maridos, amad a vuestras mujeres, así como Cristo amó a la Iglesia, y se entregó a sí mismo por ella; para santificarla, habiéndola purificado en el lavamiento del agua por la palabra, a fin de presentársela a sí mismo, una Iglesia gloriosa, que no tuviese mancha ni arruga ni cosa semejante, sino que fuese santa y sin mancha.

Así también, los maridos deben amar a sus mujeres como a sus mismos cuerpos. El que ama su mujer, a sí mismo se ama. Porque nadie aborreció jamás a su propia carne, sino que la sustenta y la cuida, como también Cristo a la Iglesia, porque somos miembros de su cuerpo, de su carne, y de sus huesos.

Por esto dejará el hombre a su padre y a su madre, y se unirá a su mujer, y los dos serán una sola carne[113].

"Después de esta noche, Ricky, tendrás mejor entendimiento de estas palabras. Porque el Señor tomó nuestros padecimientos—enfermedades de cuerpo y espíritu—a su propio cuerpo y espíritu. Somos uno con él, no solamente metafóricamente, pero en la realidad. Las cicatrices que el hombre le ha dado nos atan a su carne por las eternidades.

"Llegando a ser uno con él, toma nuestros dolores como sus dolores. Él nos nutre y nos aprecia. Y esto lo hace para santificarnos, y limpiarnos, para que lleguemos a tener gloria y estar sin mancha, tal como debemos estar si queremos vivir con su Espíritu en la mortalidad y morar con el Padre en las eternidades".

"Junto a Pablo, yo declaro: 'El hombre debe amar a su esposa como a su cuerpo'. Todos nosotros a veces creamos dificultad para nuestros cónyuges y otros, Ricky, como lo hemos hablado antes. Y todos nuestros cónyuges a veces crean dificultad para nosotros, tal como nuestras coyunturas a veces nos duelen y nuestros huesos algunas veces se quiebran. Aquí es donde sabrás si es que eres uno con Carol: Como lo harías para un hueso o coyuntura, la aprecias y la nutres cuando se encuentra en dolor. Hazlo, y te sentirás nutrido y apreciado tú mismo".

El abuelo tomó una pausa.

"Es tiempo que regrese a tu abuela. He estado lejos, y le echo mucho de menos. Pasé muchos de nuestros años separado de ella bajo el mismo techo—casados, pero no siendo uno, asistiendo a la iglesia—pero raramente portándonos como cristianos".

"¿Quién los acercó, abuelo?" preguntó Rick sinceramente.

"Él lo hizo", dijo el abuelo, volteando hacia el jardín.

"Hubo un período de nuestro matrimonio que fue muy oscuro. Y cuando digo un 'período' quiero decir un período de años—quizá tanto como de quince a veinte años. Me sentí abandonado, que tomaba ventaja de mí, y abusado. Y al pasar el tiempo, empecé a vacilar con la idea de una vida sin ella. *¿Cómo sería? Seguramente sería mejor.* No tomé el pensamiento seriamente al principio, pero le di lugar, y creció adentro de mí. Al encimarse los años unos a otros, el pensamiento creció más fuerte, y al hacerlo, nuestra vida juntos empeoró. Traté de mantener todo esto lejos de los nietos, sabiendo como los lastimaría, y por la mayor parte, pensé que lo había logrado—aunque tú me has enseñado diferente", añadió él, con una débil sonrisa.

"Sin embargo, tus padres sabían de nuestra lucha. Y fue algo bueno que lo supieran. Un día tu padre vino a buscarme en el pasto. Había estado en la casa. La abuela no estaba, y había entrado en su cuarto de costura para coger una tijera. Allí en el cajón estaba un documento legal. Cuando lo miró, se quedó en asombro al descubrir una petición de divorcio. Tu abuela iba a divorciarme".

Rick sintió como si le hubieran golpeado el pecho, la revelación lo había dejado tan atónito.

"Esto era noticia para mí", continuó el abuelo, "aunque cuando lo escuché no estaba enteramente sorprendido. Y de alguna manera me sentí un poco liberado. Yo estaba menos emocionado de lo que a tu padre le hubiera gustado y el se sintió frustrado y preocupado. Me regresé a mis tareas con un poco más de vigor, recitando en mi mente todas las cosas terribles que tu abuela me había hecho durante todos estos años. Entre más recordaba, lo más enojado que me ponía hasta que casi estaba aventando la paja con una furia.

"En medio de esto, sin embargo, algo me habló. No era todavía una voz, pero yo sabía que había algo falso en mi coraje—algo exagerado, algo muy convincente. Finalmente, entré al granero y me arrodillé. '¿Por qué yo, Padre?' Empecé a llorar. '¿Por qué tenía que pasar mis años en tal dolor?'

"'No tenias que', se escuchó una voz.

"'¿Qué quieres decir, no "tenía que"?'

"'Si hubieras venido a mí', dijo la voz, 'todo hubiera sido diferente'.

"Las palabras me dieron como un rayo, y empecé a orar por más entendimiento. ¿Qué quieres decir, Ven a mí? ¿Qué sería diferente?"

"Lo que pasó enseguida no puedo describir completamente. Un tipo de visión se abrió ante mí. Miré mi vida con tu abuela. Los días y años que pasamos juntos recorrieron frente a mis ojos, y se me mostró algo asombroso. Me di cuenta que una luz brillaba de nosotros. O quizá, me di cuenta de una luz que a *veces* brillaba de nosotros—y a veces más brillante que otras".

"Se me dio a mí para entender que todos brillamos una porción de la gloria del Señor, y que brillamos mas fuerte cuando vivimos más cerca de él. Usualmente no podemos percibir esta luz con nuestros ojos, pero la has sentido cuando has estado en la presencia de hombres y mujeres santos—aquellos que completamente reflejan la luz del Salvador que es tangible, si no es visible, a aquellos alrededor de ellos. Estar en su presencia es como estar en la presencia de una nota cantada perfectamente. Sus vidas resuenan. Penetran, mueven, motivan, y cantan. Y esto porque viven en tono con el Maestro.

"Me di cuenta cuando observé nuestras vidas que mi luz se estaba atenuando más y más. Algo más que me asombró fue que la luz de tu abuela era siempre un poco más brillante que la mía. Esto era particularmente verdadero en los momentos que estaba más convencido de su insuficiencia. Su luz también se atenuaba lentamente, sin embargo, con cada año sucesivo de nuestro matrimonio, y en ese momento, por la primera vez, me empecé a sentir arrepentido. Perdí el control y lloré como no lo había hecho en años".

"Estaba casi sorprendido de encontrar que tanto de repente quería evitar el divorcio. Levanté mi voz nuevamente hacia los cielos, esta vez implorando al Señor que salvara mi matrimonio".

" 'No es tu matrimonio que necesita salvarse, Daniel', se escuchó la voz. 'Es tu amor' ".

" 'Aprende a amar a Elizabeth con mi amor, y después ya sea que tu matrimonio continúe o no, ganarás una compañera".

" '¿Qué quieres decir, Señor?' yo clamé. 'Pero mi matrimonio—' "

"'Tu preocupación por tu matrimonio es todavía una preocupación para ti. Ama a Liz aun si ella escoge divorciarte. Entonces estarás casado de verdad'".

El abuelo Carson se emocionó con esa memoria.

"Mi vida no ha sido la misma desde ese momento, Ricky, y me atrevo decir que tampoco la de tu abuela".

"No nos divorciamos, gracias a Dios, aunque fue difícil por un tiempo. Pero sentí el Espíritu del Señor y me sostuvo en ese tiempo. Y por el período de una semana, se me permitió ser testigo de y ver la luz que brilla del hombre. La miré brillar de mi preciosa Elizabeth, atenuado por nuestra aflicción mutua, pero aún brillando, aun cuando entré a la casa ese día. Esta luz brillaba y me sostenía".

"¿Entiendes, ahora, Ricky, por qué estaba seleccionado para encontrarte?"

Rick asintió con la cabeza, su corazón derramando gratitud por el amor de su abuelo y por su nuevo aprecio por su abuela.

"Yo conozco tu dolor, hijo. Y habiendo reconciliado con Elizabeth, conozco la de Carol también.

"Pero más que eso, conozco el amor que fue forjado en Getsemaní. Conozco el amor y misericordia del Señor. Lo he sentido, me he bañado en él, he sido salvado por ello. Y continúo siendo salvo por ello cada día".

Rick estaba poco sorprendido por este comentario.

"¿Crees que porque ya morí, que no tengo la necesidad del Señor? La necesidad de la expiación va más allá de la tumba, Ricky. Si estoy parado ante ti digno, es solamente por los meritos del Hijo de Dios. Me estremezco en este lugar también, porque sé que es por mis pecados que el Señor sufre".

Rick se quedó callado.

"Mi oración es por ti ahora, mi muchacho".

"Gracias, abuelo", dijo Rick, ahogándose en sus palabras.

"¿Hay algo que aún te preocupa?"

"Sí, una cosa".

"¿Qué es?"

"Tengo miedo".

25

LOS CONVENIOS

De que tienes miedo?"

Rick pensó sobre esa mañana con Carol. "De mis propios pecados", dijo él. "Sobre la oscuridad dentro de mí. Tengo miedo de no poder sostener los cambios de los que hablas".

"No podrás, Ricky. Solamente Uno puede sostener ese cambio. Si recuerdas eso, tus continuos fracasos te llevarán a tu salvación, y a la salvación de tu matrimonio. En humildad, volverás siempre al Señor. Y estando vivamente conciente de tus propios pecados y defectos, no demandarás tampoco perfección de Carol".

El abuelo Carson miró tiernamente a Rick.

"No entiendas mal, hijo. El Señor no te dará un nuevo corazón solamente una vez. Él te da un nuevo corazón cada vez que vienes a él arrepentido, en fe, creyendo que recibirás. Necesitamos el don de un nuevo corazón cada día".

"¿Pero podré hacer eso, abuelo?" susurró Rick. "Eso es lo que me preocupa".

"¿Recuerdas en el Libro de Mormón a la 'gente que se conocían como anti-nefi-lehitas' o a la 'gente de Amón'?"

"Sí. Eran los lamanitas que aceptaron el evangelio durante los años en que los hijos de Mosíah estuvieron con ellos, predicándoles".

"Es correcto. Y después de su conversión", continuó el abuelo, "cada uno preguntó la misma pregunta que tú ahora preguntas: '¿Cómo puedo estar seguro que este cambio poderoso dentro de mí durará?' Ellos también tenían temor. La razón por la que tenían temor era que, como tú, sabían su historia demasiado bien. Habían sido personas de guerra que se habían deleitado en derramar sangre de sus enemigos, los nefitas. Por esto se habían arrepentido, y el Señor los había limpiado y les dio un nuevo corazón[114]. Pero se preocupaban que pudieran tropezar y oscurecer sus corazones con los pecados que los habían oscurecido antes. 'Es todo lo que podemos hacer', declaró su rey a ellos, 'arrepentirnos de todos nuestros pecados y de los muchos asesinatos que hemos cometido, y lograr que Dios los quitara de nuestros corazones, . . . retengamos nuestras espadas para que no se manchen con la sangre de nuestros hermanos' "[115].

"¿Y después te acuerdas de lo que hicieron?"

Rick no se acordaba. "No", finalmente dijo.

"Según las Escrituras, ellos juntaron todas sus armas de guerra y después, como grupo, las enterraron profundamente en la tierra e hicieron convenio con Dios y con cada uno que nunca las tomarían nuevamente"[116].

El abuelo Carson miró a Rick. "¿Por qué crees que las

enterraron 'profundamente' en la tierra, Ricky? ¿Por qué no fue una tumba poco profunda suficiente?"

"Quizás estaban nuevamente preocupados debido a su historia. Si la tumba estuviera poco profunda, en un apuro podrían ser tentados a tomar las armas en violación del convenio que hicieron y arriesgarse a regresar a sus viejas costumbres. Probablemente no querían tomar ese riesgo".

"Exactamente. Y como pasaron las cosas, pronto se verían en tentación. Ya que su propia gente, los lamanitas, después vinieron en guerra contra ellos para destruirlos, y las Escrituras nos dicen que en una ocasión 'se hallaban a punto de violar el convenio que habían hecho, y tomar sus armas de guerra' en su defensa[117]. Qué bien que estaban enterradas profundamente. Los amigos que conocían su historia y del convenio que hicieron de guardar sus corazones limpios no les permitieron hacerlo, y estos amigos, junto con los dos mil hijos de la gente de Amón, tomaron las armas para protegerlos[118]. Estos defensores no habían estado en el pasado corruptos en deleitarse en la derramación de sangre. Por lo tanto pudieron tomar las armas con la bendición del Señor cuando la guerra fue empujada a ellos, en orden de proteger su libertad, sus familias, y su fe—y buscar la misma protección para la gente de Amón[119].

"Una de las historias más tiernas en las Escrituras es la historia de cómo muchos de sus hermanos, los lamanitas, fueron convertidos al Señor cuando la gente de Amón no tomó las armas contra ellos"[120].

El abuelo Carson tomó una pausa para darle a Rick tiempo para meditar la historia.

"Rememorando la historia de esta gente, al final del Libro de Mormón, el profeta Mormón declaró: 'Sabed que debéis llegar al arrepentimiento, o no podéis ser salvos. Sabed que debéis abandonar vuestras armas de guerra; y no deleitaros más en el derramamiento de sangre, y no volver a tomarlas, salvo que Dios os lo mande' "[121].

"Ricky, tu problema no ha sido el deleite en el derrame de sangre, pero has tenido otras armas en tu matrimonio y te has deleitado en otras cosas pecaminosas. Ejerces el silencio. Te quejas. Tu lenguaje es áspero. Llevas un aire de superioridad. Ninguna arma es tan devastadora en un hogar como un corazón que ha parado de amar. Hay también otros pecados en tu vida, no necesariamente directamente relacionados a Carol, que te han tenido cautivo".

Rick no podía discutir nada de esto y tampoco tenía ya el deseo de hacerlo.

"Sobre estos pecados que han hecho raíz en tu alma, dijo el Salvador, 'He aquí, os doy el mandamiento de que no permitáis que ninguna de estas cosas entre en vuestro corazón, porque mejor es que os privéis de estas cosas, tomando así vuestra cruz, que ser arrojados al infierno'[122]. El Señor no está diciendo que será fácil, Ricky. Al principio, dijo él, liberándonos de la pecaminosidad que nos ha tenido atados sería como tomar la cruz y cargarla en nuestras espaldas. Pero con esta imagen, él nos recuerda que no estamos solos y que no tenemos que llevarla para siempre, porque Uno la tomará de nosotros, y con ello, las cargas que nos tienen sobrecargados".

El abuelo Carson sonrió amablemente, pero seriamente, a Rick.

"Si estás preocupado por caer nuevamente en el pecado y al cautiverio que te ha atado", continuó él, "y estás bien en preocuparte, entonces te invito para que aprendas de la gente de

Amón. Aprende a enterrar tus armas de guerra, tus pecados, profundamente, demasiado profundo para estar sacados cuando seas tentado a hacerlo. Y después haz convenio con el Señor, con Carol y con cualquier otros con los cuales has tomado esas armas, que nunca más las tomarás. Y pídeles que te ayuden a guardar ese convenio".

Su abuelo lo miró solemnemente. "¿Estás de acuerdo *conmigo* que harás esto?"

"Sí, abuelo, lo haré".

"Haz esto, Ricky, como enseñan las Escrituras, con 'toda la energía de tu corazón', y te llenarás con el amor del Señor—el amor que nunca deja de ser"[123].

"Está bien, abuelo", dijo Rick seriamente, pero aún con inquietud. "Trataré".

"Está bien, aun es más sabio, tener temor, Ricky. Debes temer el pecado, con toda tu alma, porque es la libertad de tu alma que está en peligro. Para aquellos que temen como deben—como tú haces, como las personas de Amón lo hicieron—los profetas declaron: 'Estáis continuamente prontos en oración para que no seáis desviados por las tentaciones del diablo, para que no os venza, ni lleguéis a ser sus súbditos'[124]. Ármate por medio de la oración, Ricky. Eres vulnerable. Todos somos. Deja que tus deseos por el Señor sean tu escudo".

Rick tomó un suspiro profundo y miró hacia su abuelo. Por primera vez durante sus reuniones, Rick sintió una convicción real—no la confianza engreída que nos cubre y nos ciega al pecado, sino el reconocimiento humilde que el pecado está a la puerta, pero que hay Uno más poderoso que el pecado que guía el camino si lo dejamos.

El abuelo le dio una sonrisa alentadora a Rick. "Te mencioné que el Señor me dio un don durante esa semana critica de mi vida. Él me permitió ver la luz que brilla del hombre".

Rick asintió.

"Es un don que he recibido nuevamente desde que pasé a esta vida, y he llegado a saber que la luz—o 'gloria'—es la característica más destacada del hombre. He visto a Carol como es, Ricky, en toda su gloria. Te casaste con una mujer que es noble y grande. Y una vez supiste esto, y todavía lo sabes, aunque se te ha olvidado. Pero créeme cuando te digo que has conocido una fracción de la verdad concerniente a ella. Un día la verás como es, y en ese día, estarás para siempre agradecido que has tomado en cuenta lo que has escrito en ese papel en tu bolsillo del pantalón".

Rick tentó su bolsa del pantalón y sintió el bulto del papel.

"Dios te bendiga, mi hijo. Que puedas abandonar todos tus pecados, para conocerlo mejor[125]. Y para conocer a Carol".

En ese momento, la oscuridad de la noche se evaporó en un mar de luz. Rick se encontró sentado en el piso de la cocina, su espalda hacia los gabinetes, como había estado cuando su abuelo se le apareció al lado de la mesa de la cocina, este también siendo ya sea una visión o un sueño. El papel de puntos sumarios estaba aún en sus manos.

Él leyó lo que había escrito una vez más. Al hacerlo, se dio cuenta que estaba incompleto.

Todo esto es posible, pensó él, *solamente porque el Señor clama los pecados de nuestro corazón como propios, se postró ante las fuerzas del demonio, y por medio de una eternidad de sufrimiento, fielmente quebró las cadenas de cautividad por todos los que vienen a él con un corazón contrito.*

Rick miró hacia el cielo, su alma derramando con gratitud.

Al hacerlo, sus pensamientos se voltearon (o *fueron* volteados) hacia Carol. Ella estaba arriba—en la recámara, en dolor, seguramente llorando. ¡Cómo lo sentía, ahora, por todo! Y que tan insignificantes sus quejas parecían ahora.

Se levantó y rápidamente subió las escaleras. Distinto a esa mañana, sus deseos hacia ella aumentaban con cada paso. Tenía armas que enterrar, convenios que hacer, y una novia que tomar en sus brazos.

Nunca se había sentido tan indigno de su amor.

Y sólo por esa razón, nunca había sido más probable que lo ricibiera.

EPÍLOGO

Quizá te preguntas que pasó.

Después que Rick subió las escaleras, él pidió perdón como nunca antes lo había hecho, porque lo sentía profundamente como nunca lo había sentido antes. Ninguna parte de él pidió perdón para poder sacar alguna confesión o reconocimiento de Carol. Que ella tendría que pedir perdón por cualquier cosa estaba tan lejos de su mente y corazón que ese pensamiento nunca se le ocurrió. Todo lo que sentía era pesar y deseo: pesar por amarla menos de lo que ella merecía ser amada, por causarle dolor, por cicatrizar su alma; y un deseo de poder curar esas cicatrices que él había causado, no importa que tanto tiempo le tome.

Su respuesta de ella a esa disculpa no era importante. Por primera vez en su vida, no estaba diciendo algo a ella para poder sacarle una repuesta en particular. Estaba simplemente amándola. Subió las escaleras sin ninguna expectativa.

¿No te sorprendería, verdad, si Carol escuchó a Rick con

escépticismo? No le hubiera sorprendido a Rick tampoco, dada a toda la historia amarga que habían compartido. Él esperaba que Carol rechazaría lo que le dijera así como tantas palabras. Eso no le importaba, porque él sabía que esta vez no eran sólo palabras. ¿Cómo podía esperar otra cosa que no fuera escépticismo después de todas las palabras y miradas amargas que él le había dado?

Qué tan sorprendido y humilde estaba cuando ella dijo, "¿Realmente lo dices en serio, verdad?"

"Sí, Carol. Lo siento. Perdóname".

Después de que Carol dijo, "Oh, Rick, yo soy la que tiene que pedir disculpas".

No tenía que ser así, por supuesto. Ella podía haber dicho, amargamente, "¿Por qué he de creerte esta vez cuando nunca ha sido diferente en el pasado?" Rick hubiera entendido eso, y en ese momento, él no la hubiera querido menos por ello.

Por supuesto, de alguna forma, de alguna manera—por nuestro propio bien—nosotros, como Carol, necesitamos aceptar las disculpas de nuestros Ricks. Cuando finalmente lo hagamos, nos daremos cuenta, como Carol lo hizo, que el rechazar una disculpa es algo que necesita el arrepentimiento tan completamente como dar una disculpa. Es el Salvador, después de todo, que está pidiendo disculpas. Rick estaba dando voz a los sentimientos y palabras que el Señor formuló en Getsemaní.

¿Cómo le fue a Rick después de esa disculpa inicial? ¿Y qué hizo Carol en respuesta a ello? Es tentador pensar que estas son las preguntas importantes en la historia, como si el resto de la historia nos va a decir lo que querremos saber. ¿Pero necesitamos saber la respuesta de Jonás al Señor?

¿Qué más necesito saber que el conocimiento de la expiación? ¿Qué más necesito que venir a él? ¿Qué más necesito que un corazón contrito? ¿Qué más necesito que su Espíritu—el Consolador—que me enseñará "todas las cosas que necesito hacer?"[126]

La pregunta para mí ahora no es lo que Rick dijo o hizo después que subió las escaleras, ni durante los siguientes días y semanas. Es sin embargo lo que necesito hacer yo después de subir mis propias escaleras en mi propia vida. Y después lo que necesito continuamente decir y hacer.

"¿No tendré yo piedad de Rick?" "¿No tendré yo piedad de Carol?"[127]

Esto es lo que el Señor nos pregunta.

Ya que somos Rick y somos Carol, el Señor ora por nosotros, para que contestemos misericordiosamente.

NOTAS

1. Juan 14:6.
2. Véase DyC 112:13.
3. Lucas 2:14.
4. Efesios 2:14–15; énfasis añadido.
5. 1 Samuel 25:13.
6. Véase DyC 64:22.
7. Véase Mateo 23:25–28.
8. Véase 1 Samuel 25:14–19.
9. Véase 1 Samuel 25:20, 23.
10. 1 Samuel 25:24.
11. Véase 1 Samuel 25:25, 31.
12. Véase 1 Samuel 25:28, 31.
13. Véase 1 Samuel 25:32–34.
14. Véase 1 Samuel 25:35.
15. Lucas 24:23.
16. Véase Lucas 24:14–15.
17. Lucas 24:17.
18. Lucas 24:25–27.
19. Lucas 24:36.
20. Lucas 24:44.
21. Véase Lucas 24:45.
22. Véase 2 Nefi 11:4.
23. Véase Génesis 45.
24. Véase Daniel 3.
25. Véase Mosíah 24:13–15.
26. Véase 1 Samuel 24, 26; 2 Samuel 1.
27. 1 Samuel 25:24.
28. Véase 1 Samuel 25:23–31.
29. 1 Samuel 25:28.
30. DyC 64:10.
31. 1 Samuel 25:31.
32. Véase 1 Samuel 25:28.
33. Véase Mateo 25:40, 45.
34. Para eventos descritos en este capítulo, véase Jonás 1:1–15.
35. Véase Oseas 7:11; 8:9; 10:6; 11:11.
36. 2 Nefi 25:23.
37. Véase Mateo 20:1–16.
38. Para eventos descritos en este capítulo, véase Jonás 3–4.

39. Véase Jonás 3:4–5.
40. Jonás 4:11.
41. Mateo 18:33–35.
42. Jonás 2:8.
43. Alma 41:10.
44. Véase Mosíah 4:1–3.
45. Véase Alma 36:16–21.
46. Alma 22:18.
47. Jonás 4:11.
48. Véase DyC 121:37.
49. Véase Mateo 7:3–5.
50. Moisés 7:25.
51. Moisés 7:26.
52. 2 Nefi 26:22.
53. Alma 12:6, 11.
54. Mateo 6:23; vea también 3 Nefi 13:23.
55. Alma 12:11.
56. 2 Nefi 28:20–21.
57. Moisés 7:26.
58. 2 Nefi 1:13.
59. Adaptado de 2 Nefi 28:19, 22.
60. Apocalipsis 12:7–8.
61. Moisés 4:3–4.
62. Alma 12:11.
63. DyC 29:40.
64. Véase Moisés 4:4.
65. Juan 8:34.
66. Véase DyC 29:45.
67. 2 Nefi 2:14, 27.
68. 2 Nefi 2:28–29.
69. DyC 29:40.
70. Moisés 4:15–18; vea también Génesis 3:9–12.
71. Moisés 4:17–18; vea también Génesis 3:11–12.
72. Moisés 4:19; vea también Génesis 3:13.
73. Véase Génesis 3:8; Moisés 4:14.
74. Véase Génesis 3:9; Moisés 4:15.
75. Véase Génesis 3:16–17; Moisés 4:22–23.
76. 1 Corintios 13:12.
77. 1 Nefi 13:27.
78. Alma 12:6.
79. Véase Mateo 7:3–5.
80. Véase Gálatas 6:3.
81. Romanos 8:21.
82. Véase 1 Nefi 15:3.
83. DyC 64:22.
84. Véase Alma 5:10–14.
85. Véase DyC 19:15–19.
86. Véase Moisés 5:9; énfasis añadido.
87. Ibíd.
88. 2 Nefi 2:26.
89. Mateo 26:38.
90. Mateo 26:39.
91. Véase Lucas 22:44; DyC 19:18.
92. Véase DyC 19:18.
93. Romanos 7:22–24.
94. Alma 22:15.
95. Véase Juan 8:32–34.
96. Moisés 5:9; énfasis añadido.
97. Mosíah 14:6; vea también James E. Faust, "La Expiación: Nuestra Esperanza Más Grande", *Ensign,* Noviembre 2001, 18–20.
98. Hebreos 4:15.
99. Joseph Fielding Smith, *Doctrinas de la Salvación* (Salt Lake City: Bookcraft,

1954–56), 1:129; vea
también *Enseñanzas de Ezra
Taft Benson* (Salt Lake City:
Bookcraft, 1988), 14–15.
100. Alma 7:11.
101. Véase Alma 7:13.
102. 2 Corintios 5:21.
103. Hebreos 4:15.
104. Véase Moisés 7:26.
105. Lucas 22:44.
106. Véase Jack Welch, *"Llegando
Ser un Erudito del Evangelio"*,
Esta Gente, Verano 1998, 52.
107. James E. Faust, "La
Expiación: Nuestra
Esperanza Más Grande",
Ensign, Noviembre 2001, 18;
citando John Taylor, *La
Mediación y Expiación*
(1882), 150.
108. Véase James E. Talmage,
Jesús el Cristo (Salt Lake City:
Deseret Book, 1979), 613.

109. Malaquias 4:2; vea también
2 Nefi 25:13; 3 Nefi 25:2.
110. Ezequiel 36:26.
111. Ezequiel 36:29.
112. Véase 1 Corintios 15:50–54.
113. Efesios 5:25–31.
114. Véase Alma 24.
115. Alma 25:11–13.
116. Véase Alma 24:17–18.
117. Véase Alma 56:7.
118. Véase Alma 56:8.
119. Véase Alma 43:45–47;
53:13–21.
120. Véase Alma 24:20–27.
121. Mormón 7:3–4.
122. 3 Nefi 12:29–30.
123. Véase Moroni 7:46–48.
124. Adaptado de Alma 34:39;
3 Nefi 18:15.
125. Véase Alma 22:18.
126. Véase 2 Nefi 32:3.
127. Véase Jonás 4:11.

SOBRE EL AUTOR

James L. Ferrell nació y fue criado en Seattle, Washington. Él graduó de la Universidad de Brigham Young con un título académico en economía y filosofía y recibió una licenciatura en leyes de la Escuela de Leyes de Yale. Él sirve como director administrativo del Instituto Arbinger, una firma consultativa de renombre y de un erudito consorcio que se especializa en pacificación. Ha sido autor de varios libros y ha enseñado y aconsejado a líderes de empresas y gobiernos de todas clases en muchos países alrededor del mundo. Él es un miembro devoto de la Iglesia de Jesucristo de los Santos de los Últimos Días y actualmente sirve en una presidencia de estaca. Él y su esposa, Jackie, son los padres de cinco niños.